MADAME

MADELEINE

PAR

R.-N. DESPERRIÈRES

PARIS

E. DENTU, ÉDITEUR

LIBRAIRE DE LA SOCIÉTÉ DES GENS DE LETTRES

PALAIS-ROYAL, 15, 17, 19, GALERIE D'ORLÉANS

—

1878

DU MÊME AUTEUR

LA MARGUERITE, comédie-proverbe en un acte. *Épuisé.*

CURIEUSE COMME ÈVE, comédie-proverbe en acte. *Épuisé.*

ROUSSEAU CHEZ MADAME DUPIN, comédie en un acte, en vers.

En préparation :

PÉ-D'-CHAT-HUANT, roman.

———

107. — Poitiers, typ. lith. gén. de l'Ouest. J. Ressayre. — Paris, 3, rue d'Aboukir.

MADAME

MADELEINE

MADAME

MADELEINE

PAR

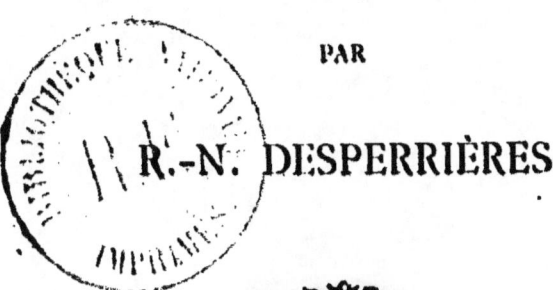

R.-N. DESPERRIÈRES

PARIS

E. DENTU, ÉDITEUR

LIBRAIRE DE LA SOCIÉTÉ DES GENS DE LETTRES

PALAIS-ROYAL, 15, 17, 19, GALERIE D'ORLÉANS

1878

Madame Madeleine.

Adultera, ergo venefica

Son haleine chaude avait fondu le givre
de la vitre en un rond irrégulier, estompé
sur ses bords, à travers lequel son regard
suivait les rares passants : des passants
du dimanche. L'étrangeté souriante et
profonde de ses yeux glauques, à large
prunelle, ressortait sous un front large,
un peu bombé, d'un poli de marbre, om-
bragé de cheveux blonds très-pâles, presque cendrés, s'éparpillant en frisottements,
enroulés, mêlés, crespelés par une nature
ardente, épanouie en manifestations exté-

1

rieures ; front marmoréen qui s'appuyait,
fiévreux, contre la vitre glacée. Les bras,
croisés sur sa tête, dans un double geste
antique, laissaient les mains, aux ongles
roses, égratigner nerveusement, toutes fois
qu'il passait quelqu'un, ces arabesques
géométriquement merveilleuses, que fait le
froid extérieur en condensant, sur le verre
des fenêtres, les tiédeurs humides des ap-
partements.

Le crépuscule rapide des soirs de novem-
bre jetait dans la chambre, au feu de la
cheminée, les ombres allongées, vagues,
indécises, tremblotantes des meubles. Des
parfums mous, de la maison L.-T. Piver,
s'échappaient des tiroirs, où, de peur du
mari, sévère à cet égard, elle cachait les
flacons qui les renfermaient. C'était de
l'oppoponax, du jockey-club, des odeurs
douces et excitantes, de celles que *réclamait* son journal, et qu'elle achetait, au
hasard, en masse, par provisions, quand
elle allait « à la Ville ». Ces parfums se
mêlaient discrètement aux émanations de
racine d'iris, que répandaient les draps

toujours blancs; car le salon servait aussi
de chambre à coucher, grâce à une alcôve,
fermant par une porte en bois blanc peint.
Au fond de celle-ci, entre deux lits très-
simples, à rideaux de mousseline brodée,
était un crucifix d'ivoire, à bénitier, autour
duquel s'enroulait, avec des airs d'enveloppement amoureux, un de ces chapelets de Saumur, à gros grains, qu'on
vend à Lourdes comme chapelets espa-
gnols.

L'austère de l'alcôve, une alcôve qui ne
faisait rêver qu'au sommeil, avec ses draps
relevés, et son odeur de lessive fraîche,
était tempéré, atténué, par ce que le salon
avait de bourgeoisement sensuel. Des fauteuils à formes basses, larges, aplaties,
propres à l'écrasement du sommeil, ou à
l'extension heureuse des membres fatigués,
une jardinière en bois de vigne tordu, s'étalaient le long d'une boiserie gris-clair, à
filets plus foncés. La bibliothèque hybride,
genre buffet, achetée au bazar, renfermait
des livres bizarrement accouplés; depuis
l'Imitation, jusqu'aux *Gueux* de Richepin,

en passant par Delille, Hugo, Théophile
Gautier, Edgard Poë et Cervantès. Tout
près, le prie-dieu, en vieux neuf, et en
tapisserie à la main. Sur les spirales ver-
nies de ses pieds le feu plaquait des
éclats de lumière ondulante, qui allaient
se perdre dans une armoire à glace et
une psyché empire, en acajou massif,
laquelle renvoyait au plafond le reflet blanc
de son verre ressuyé : meuble de femme
par excellence, dans lequel elle se voit
toute entière et voit ce qui se passe autour
d'elle; meuble traître où les yeux se rencon-
trent et se saluent, jalousent et espionnent;
meuble propice aux hypocrisies de l'amour,
et fait comme lui, de ce qui nous semble le
plus vil ; la terre, purifiée par ce qui paraît
le plus pur : le feu.

Tout à coup, brusquement, hâtivement,
elle quitta la fenêtre et vint se jeter dans
un fauteuil, au coin de la cheminée, non
sans avoir pris dans la bibliothèque, au
hasard, un livre qu'elle ouvrit sur ses
genoux. La porte de la rue avait été
ouverte et fermée, et le pas mesuré et

ferme de son mari s'entendait dans l'escalier.

Les quarante-trois ans de Philippe
Erveu étaient récemment tombés, sans
fracas, sur une tête grisonnante déjà, et
dont les cheveux largement bouclés, cares-
saient par derrière le col de drap d'un
veston sac à larges poches. Ce proprié-
taire campagnard, coureur de foires, ven-
deur et acheteur de bestiaux, cultivateur
dans l'âme, avait le costume de son métier.
D'ailleurs, plein de finesse, son œil! dont
la clarté était soulignée par les pommettes
saillantes des joues, où apparaissaient,
suivant les minutes joyeuses ou tristes
de l'âme, des rougeurs ardentes ou des
pâleurs de cadavre, auxquelles se joignait
une respiration précipitée, s'échappant
avec un sifflement murmuré, des lèvres
tuméfiées. L'œil ne perdait rien, pendant
ce temps, de son immense bonté, quoiqu'on l'eut vu devenir terrible à certaines
heures.

Philippe entra, s'assit près du feu,
regarda, en souriant, la trouée claire

qu'avait faite la respiration de sa femme
dans les efflorescences de la vitre, puis sa
femme :

— Quel est ce livre ? dit-il.

— La *Chanson des Gueux*, dit Madeleine,
qui le lui tendit.

Philippe l'ouvrit à deux ou trois endroits,
en parcourut quelques vers, et le jetant
au feu :

— Des bêtises ! fit-il.

— Cela dépend, répondit Madeleine, qui
retira prestement le livre du foyer, en fit
tomber d'un doigt léger les étincelles atta-
chées à la couverture et aux coins un peu
fripés des pages, et le serra dans la bibliothèque dont elle prit la clef.

— Vraiment, mon cher, continua-t-elle,
vous êtes d'une sévérité excessive à l'égard
des femmes. A mon âge, on peut tout
lire.

— Certains livres, dit Philippe, sont
dangereux par leur présence seule, et un
imbécile verrait celui-ci sur votre table,
qu'il vous jugerait toute autre que vous
n'êtes.

— Ah ! fit Madeleine, si vous êtes dans vos idées noires ! Et, haussant les épaules, elle revint à son fauteuil.

Elle s'y étendit dans une situation provocante, renversée, qui accusait, sous le satin noir de la robe, la pointe très-perceptible de deux seins virginaux, projetés en avant par la cambrure du corps. Les jupons, relevés sur ses genoux écartés, laissaient le corps souple et jeune se présenter aux caresses vivifiantes de la flamme, qui détachait, en traits de feu, le dessin caroubier de ses bas couleur bronze. Les yeux mi-clos, railleurs, regardant en dessous, la tête portant sur le dossier du siége, agaçaient son mari, qui n'y prenait garde, tandis que le pied, chaussé d'une pantoufle gris-perle, ornée d'une bouffette rouge, jouait un air de valse avec le chenet de son côté.

Philippe reprit :

— Une femme honnête, strictement et loyalement honnête, ne lit pas de ces choses-là.

Madeleine se redressa d'un bond, fière,

droite, révoltée devant ce maître qui s'imposait, avec de la haine plein les lèvres, les
bras tordus en arrière, comme une haren-
gère prête à s'élancer, honteuse de ses provocations à elle, irritée de son dédain,
d'un geste rapide et qu'elle n'eut pas
le temps de finir, elle, — il faut dire tout,
puisque tout est vrai, — elle leva la main
sur lui.

I

Que de changements depuis dix ans !
Elle avait alors dix-huit ans et lui trente-
trois, et c'était un mardi de printemps
qu'on les avait mariés dans l'église du
bourg. Tout était gai, jusqu'au cimetière
qui entourait le temple, jusqu'au curé
qui officiait, jusqu'au chantre, dont le
nez rouge se reflétait, en s'élargissant,
dans le cuivre de l'ophicléide. On ne
peut pas dire qu'elle fut très, très-naïve.
La vue du baptistère, à gauche, l'avait fait
rougir. Philippe l'avait remarqué, ainsi
qu'un nid d'hirondelle, où il y avait des
petits, et qui est encore à la même place,

— là bas, au fond de l'abside, à cette fenè-
tre romane, à vitraux blancs, encadrés de
plomb, où il en manque quelques-uns,
et qui éclaire, sur l'autel, les fleurs en
papier qui lui semblaient si belles alors.
Et les cris des gamins à la porte ! et les
paysans, un genou en terre, le coude sur
l'autre genou, tenant de la main gauche,
avec leur chapeau de feutre à larges bords,
un chapelet qu'ils égrenaient dévotement,
cachés derrière les piliers ! Et le facteur
rural, avec son sac au dos, son parapluie
vert en bandoulière, attendant à la porte
pour voir passer la noce, et boire le verre
de vin qu'on ne manquerait pas de lui
offrir.

Que de changements depuis dix ans !
Et, pendant les premiers mois, que de
fêtes ! Elle l'accompagnait partout : à pied
dans la campagne, aux foires dans sa
voiture. Les sentiers n'avaient jamais
assez d'ombre, les nuits assez de longueur pour cette ingénue si apte à l'initia-
tion de l'amour ! Et que de rires enfantins, joyeux, sans savoir pourquoi, quand,

à la saison des foins, s'arc-boutant des pieds, des reins, des épaules, elle soulevait, avec effort, au bout de la fourche, au colon perché sur la charrette, sa charge d'herbe sèche. Les brindilles détachées par le vent, lui retombaient partout, sur la tête, sur les joues, dans le cou, s'accrochant aux cheveux, s'arrêtant dans les plis de la robe, dans l'échancrure du corsage, où leur contact piquait sur la peau blanche et sensible de petites rougeurs. Et les nuits de juillet? On partait le soir, après souper, au clair de lune, avec les grands attelages, ramasser, de peur d'orage, les gerbes coupées pendant le jour. Elle allait s'appuyant sur Philippe, tantôt enjambant, légère, les échaliers indiscrets, qui lui relevaient sa robe, tantôt devant les bœufs, aux cornes desquels elle avait suspendu, en s'amusant, des couronnes d'épis et de clématites, qui leur battaient les yeux. Elle avait peur de tout : des arbres difformes, des trous noirs du chemin, des ululements du hibou, du frémissement des trembles, du murmure de l'eau, des gerbes alignées debout, à perte de vue, et qui ressemblaient, de loin, disait-elle, à un régiment de tirailleurs agenouillés dans la nuit. Une fois arrivés, on suivait les travailleurs, s'asseyant de temps en temps sur la crête d'un sillon, à la tête des bêtes qui ruminaient doucement, en les regardant de leur grand œil placide, et laissaient pendre, de leurs lèvres jusqu'à terre, une écume blanche, semblable à une dentelle d'argent. Puis, elle revenait sur la charrette, juchée au plus haut des gerbes, riant encore, au milieu de la oie des métayers qui riaient de l'entendre rire, s'accrochant aux cordes pour ne pas tomber, baissant la tête de peur des branches, commençant une phrase musicale coupée par un cahot, jusqu'à la porte de la maison, où la vieille Nanon, une lanterne à la main, attendait et ne comprenait pas que monsieur laissât madame s'exposer à se casser le cou, et « peut-être pis encore. »

Peu à peu cependant, la gaieté s'en alla. L'enfant, — malgré les espérances de

Nanon, — n'était pas venu. L'ennui gagnait. Les joyeuses courses de l'été étaient
finies. Elle s'acheta une psyché : celle
qui est dans son salon, s'y mira, étu-
diant l'effet d'un regard, d'un sourire, se
plaisant à elle-même, tendant le pied, mon
trant la cheville, cherchant des positions
attrayantes, tordues, bizarres, des effets
de jambes, de hanches, de cou penché,
de seins. La coquetterie commençait à
remplacer l'amour. Puis elle revenait à la
nature, qui l'avait faite si parfaite de corps
et de visage. Avec le temps, elle apprit à
connaître dans sa glace la position des
meubles, à se donner une idée exacte et
savante de leur image interversée, à y regarder à la dérobée les gens qui lui parlaient; des gens froids, guindés, ennuyés,
ennuyeux, qui restaient des heures, surveillant leurs pensées, leurs paroles, de peur
des méchancetés de petite ville qu'ils ne se
génaient pas de débiter sur le compte des
voisins. Les vieilles dames l'appelaient :
« ma petite, » et l'embrassaient; les
hommes sentaient la pipe. Comme elle

n'aimait l'odeur ni des vieilles dames ni
de la pipe, elle prit l'habitude de se parfu-
mer. Elle y ajouta celle de s'habiller, ne voulant pas rester au-dessous de madame la juge
de paix, ni de la femme du greffier, qui était
aussi agent d'assurances contre la grêle.
Philippe, lui, vivait toujours sa même vie.

Sur ces entrefaites, Pâques revint pour
la troisième fois, et il y eut, pour fêter le
saint du pays, qu'on n'honorait officielle-
ment que cette année-là, de grandes fêtes
religieuses. Elle s'y donna toute entière.
Son âme énervée par le désœuvrement et
par la monotonie des choses, trouva des
charmes endormants dans l'ombre doucement enveloppante de l'église, dans les
ardeurs mystiques de l'élévation vers Dieu,
dans les molles confidences du confessionnal. La voix onctueuse, murmurée,
berçante du prêtre mystérieux, caché derrière la grille de bois, la remuait profondément. Tout ce qu'il y avait chez elle de
cette religiosité sensuelle de certaines femmes, se réveillait pour la troubler. Un
monde nouveau s'ouvrait. S'entendre appe-

ler « ma sœur, » dire tout à cet homme,
qui ne lui était rien, lui semblait ineffable.
Quand il parlait, de petits battements de
cœur la prenaient, d'imperceptibles tres-
saillements, des froids dans le dos, ou
des chaleurs subites qu'elle mettait, l'igno-
rante, sur le compte de la grâce. Son
mari n'avait rien dans leurs secrets communs. Elle prit habitude de ces sortes de
rendez-vous, y revint tous les quinze jours,
y trouvant une douceur exquise, une fraîcheur pénétrante, et en même temps, quelque chose de grisant, qui faisait qu'elle
regardait plus l'homme que le prêtre, —
s'en accusant dans sa conscience, mais
n'osant le lui dire. Elle se sentait faible,
amollie, s'inventait des péchés, et, les
jours où elle devait communier, trouvait
toujours qu'elle avait oublié de dire quelque chose, un véniel quelconque, n'importe quoi, pour retourner au confessionnal.

Cela changea tout à coup. Un jour, elle fût
toute étonnée de trouver, au lieu du prêtre
qui la confessait, un vieux qui la sonda,

la fit parler, et la tança vertement. Il avait
moins de mysticisme et plus de raison,
une morale mathématique, dure, sévère,
inexorable. Il lui fit comprendre le rôle
d'une femme de ménage. Madeleine promit
d'obéir. Mais, de ce jour, la confession lui
parut moins aimable, et ses visites se firent
plus rares.

Sa petite sœur Valentine avait alors
onze ans, et était sur le point de faire sa
première communion. Madeleine résolut
de s'en occuper et la prit avec elle. Toute
meurtrie encore de sa blessure, elle s'attacha éperdument à cette fantaisie nouvelle,
remplissant ou croyant remplir, vis-à-vis
de cette jeune âme, le rôle providentiel que
son confesseur avait eu vis-à-vis d'elle-
même. Elle chercha, retrouva, répéta, presque mot pour mot, avec des intonations
endormeuses, les phrases ardemment
contenues qu'elle lui avait entendu dire
sur l'amour de Dieu. La petite Valentine,
avec ses grands yeux noirs, et ses cheveux ébouriffés, debout, attentive, se tuait
à comprendre et ne comprenait pas.

Qu'est-ce que cela faisait? Ajoutez à cela
ce besoin de maternité qui tourmente les
femmes. A certaines heures d'épanchement,
il fallait que la petite l'appelât : « maman ».
Ce qui faisait beaucoup rire Valentine.
Philippe, quand il entendait cela, sentant
tous les secrets reproches de ces entrailles
qui se révoltaient de ne pas être mères,
sortait brusquement, et s'en allait au
loin, le cœur gros, lui aussi, de ses espérances trompées.

Madeleine s'était d'ailleurs, depuis les
fêtes, reprise de passion pour lui. Si elle
dépensait, sans compter, son âme au
pied de l'autel, son corps restait en proie
à un besoin inextinguible et inexpliqué.
Des appétits étranges la tourmentaient.
Dans ses veines couraient des flammes
bleues comme celle du punch, intangi-
bles et asséchantes, qui lui brûlaient la
gorge, et que ne pouvait parvenir à étein-
dre la carafe d'eau, préparée pour la nuit.
Philippe se prêtait à ces embrassements,
non sans terreur, et non sans se demander
ce qu'étaient devenues les amours des

premiers mois. Maintenant, c'étaient des baisers à bouche-que-veux-tu, des entrelacements sans fin, des pleurs, des spasmes, des rires, des détentes de nerfs. Une Marguerite qui aurait reçu des leçons de Mephisto, ou une Charlotte qui aurait lu : *Sous les Tilleuls.*

—

II

Madeleine s'était, peu à peu, attachée à Valentine avec l'ardeur appassionnée qu'elle mettait à toutes choses. Elle voulut la garder encore quelque temps, après sa première communion, pour surveiller son éducation. Philippe vit, avec joie dans cette occupation nouvelle, un dérivatif pour l'esprit tourmenté de sa femme. Ne pouvant l'empêcher, il la laissa faire. Beaucoup de maris en sont là.

Dès que Valentine eut passé l'âge critique de l'enfance, on la mit en pension à R..., chez les dames de Chavagnes.

Ce fut une occasion, pour Valentine de pleurer beaucoup et pour Madeleine d'aller *à la ville :* la Ville, en province, c'est le chef-lieu. Le prétexte était de faire sortir Valentine, qui avait congé tous les quinze jours. De fil en aiguille, Madeleine y prit des habitudes, s'y créa des relations avec les mères d'autres petites filles, y eut sa couturière et sa marchande de modes. Son grand plaisir, maintenant, était la toilette. Elle menait Valentine avec elle, faire des visites, essayer des corsets nouveaux, acheter des gants, et la rentrait à sept heures du soir. Ces sorties avaient lieu le jeudi : le jeudi est jour de théâtre. Elle y alla seule d'abord, un peu honteuse, voilée strictement, puis plus audacieusement, sans souci des hommes qui la dévisageaient, des ouvreuses qui clignaient de l'œil, ni des voyous, qui, à la porte, l'appelaient : « ma petite mère ». — Un soir la porte de sa loge s'ouvrit, et laissa entrer un vieux monsieur, chauve comme un soulier, parfumé, ganté, énamouré, qui fut aimable, lui fit

donner un petit banc, lui offrit des bon-
bons et, finalement, voulut l'emmener
souper. Inutile de dire qu'elle refusa : mais
cela ne lui parut que drôle et elle en rit
beaucoup avec ses amies de R.... non
avec celles de St-J.... qui n'auraient pas
compris. Son mari ne savait rien de ces
équipées qu'elle lui cachait avec soin, et
avec raison, d'autant plus qu'elle choisis-
sait de préférence les pièces égrillardes, à
double entente : *la Petite Mariée, la
Boulangère, la Timbale d'argent,* ou les
drames de l'adultère; *la Femme de
Claude, Monsieur Alphonse, la Femme
de Feu, la princesse Georges;* tout ce qui
allumait les sens, et flattait, chez elle, ce
je ne sais quelle aspiration d'émancipa-
tion féminine, qu'elle sentait sourdre confusément en elle ; — écoutant cela, comme
elle avait écouté son prêtre, la joue rougissante, la lèvre contractée dans un
demi-sourire voluptueux, l'œil brillant,
humide, électrique, sous la paupière sur-
baissée.

Chez elle, à St-J.... pour calmer les

longues heures d'ennui, le théâtre fut
remplacé par le livre. Son libraire attitré
lui renvoyait des catalogues où elle choi-
sissait sans discernement. Tout y passa
d'abord, au hasard, depuis le *Parfait
secrétaire des amoureux* jusqu'à St-Au-
gustin, depuis Crébillon jusqu'à Bastiat.
Elle ne comprenait pas toujours. Puis
elle dévora les romanciers modernes :
Balzac, Georges Sand, Cherbuliez, Flau-
bert, Bellot, Gaboriau, Paul de Kock et
eut un abonnement à la *Vie parisienne.*
Petit à petit, cependant, son choix se
spécifia. Elle s'abattit sur les livres, qui,
pleins d'une sorte de socialisme féminin,
représentent le mari comme un tyran
déguisé en prudhomme de comédie. Vis-
à-vis de ses amies et des maris de ses
amies, elle eut des airs penchés, des mots
tristes, des sous-entendus pleins d'amer-
tumes cachées. « Nous autres femmes », —
« Mon mari est bien le meilleur des hommes », avaient sur ses lèvres des échos fron-
deurs et menaçants : comme des siffle-
ments de vents dans les cordages; ou le

murmure précurseur des tempêtes lointai-
nes. L'inégalité sociale la révoltait. Pourquoi « la femme ne serait-elle pas poëte,
» médecin, avocat, charbonnier même?
» Les charbonniers sont, dit-on, maîtres
» chez eux. » Et, ainsi de suite, toute la
ribambelle dévergondée des aberrations
féminines.

Elle prit en haine son mari, resté pro-
priétaire campagnard. — « Que ne visait-il
plus haut et n'avait-il tenté de sortir de cet
affreux trou où l'on s'ennuyait tant ? —
Etait-il même à la hauteur de sa situation? — Elle! elle était faite pour briller,
avoir des adorateurs, être courtisée, choyée,
fêtée, tandisqu'au contraire on l'avait sacri-
fiée. ». Les bonnes amies faisaient chorus
autour d'elle : « cette pauvre petite femme ! »
— Son infortune paraissait d'autant plus
grande qu'elle n'était appuyée sur aucun
fait. La réputation de son mari se fit
dans ce sens. Philippe passa pour un
méchant homme, maniaque, absolu, brutal, et, qui pis est, jaloux : un résumé
de tous les vices ; il séquestrait sa femme,

ne voulait pas qu'elle sortît, avait fait le
vide autour d'elle ; on inventa, on am-
plifia, on chercha dans sa vie passée ;
ses plaisirs avaient été des orgies ; ses
fantaisies, des débordements ; ses amours,
des débauches. Aussi, usé avant l'âge,
n'était-il pas étonnant qu'il eut une hypertrophie du cœur ? Son caractère s'en ressentait. Il refusait tout à sa femme, oui,
tout, absolument tout ! vous comprenez ?
Que ne s'en vengeait-elle ? Que ne s'en
donnait-elle à cœur joie ? « Oh ! moi, à
votre place ! »

Tout cela était soupiré, modulé, conseillé,
cajolé aux oreilles de Madeleine. On lui
prenait les mains ; on l'embrassait, avec des
façons mystérieuses, confidentielles et
compatissantes de l'aborder. Ces propos
répétés, ressassés, se gravèrent dans son
esprit et y restèrent. Les hommes d'ailleurs
n'étaient pas les moins acharnés. Ils devinrent empressés, soumis, complaisants.
Quelle différence entre eux et son mari !
Une femme, qui le veut bien, trouve toujours ces différences-là. Le gros mar-

chand d'engrais minéraux était des plus
assidus, avec ses yeux ronds et ses plaisan-
teries lourdes. — Le médecin fit des vers
pour elle, et quels vers ? — Des vers
homœopathiques; l'esprit n'y entrait qu'à
dose infinitésimale. Mais s'ils étaient, à
ce point de vue, de l'école d'Hahnemann,
la passion, d'un autre côté, y coulait en
flots d'une harmonie presque pharma-
ceutique. « Il voulait être emporté avec
elle, par un torrent, sur une mer phospho-
rescente, où leur âme, purgée de toute
impureté, se détacherait de l'âpre rocher
de la vie, pour voler au ciel, où était le
maître des médecins, le seul qui puisse
guérir les cœurs atteints d'une affection
irritante et chronique. » Comprenez si
vous pouvez ! Le pharmacien de la place,
M. Jappeloup, apportait des douceurs, des
pâtes sucrées, dans de petits cornets de
papier, sur lesquels sa plume inexpéri-
mentée avait tracé des bergeries sentimen-
tales, des devises ingénieuses, des petits
Amours nus, armés de flèches, qui venaient
le relancer, lui, pharmacien, dans un

1**

bosquet touffu, dessiné comme une éponge, où il cherchait le repos de l'esprit entre le Codex et le chant des grenouilles, qu'on voyait à ses pieds le regarder avec admiration. — C'était lui, d'ailleurs, qui avait imaginé d'exposer à sa vitrine son portrait à « l'huile fine », entre une tête de mort jouant de la clarinette et les instruments symboliques de sa profession.

III

Madeleine restait insensible à ces feux qu'elle avait allumés. Elle s'ennuyait.

Non pas d'un ennui vulgaire, mais de cet ennui lourd, accablant, des petites villes, ennui qui vous casse bras et jambes : ce que les collégiens et les militaires appellent « *la flemme* » ; qui ôte le désir et la volonté de rien faire, sinon de regarder tomber la pluie et monter le soleil, en tambourinant sur les vitres.

Les inquiétudes physiques se compliquaient des inquiétudes morales de la femme qui n'a rien à aimer de passion

violente. Le mari ne comptait plus; Valentine ne comptait pas; le frère, — Paul,
— était trop loin ; il voyageait. Il n'y
avait pas d'enfant.

Depuis que Valentine était tout à fait
sortie de pension, Madeleine restait des
heures entières dans son fauteuil, à demi
assoupie, attentive à moitié au tic tac de
la pendule, comptant machinalement les
secondes. Elle refusait les distractions, les
sorties, les visites, puis était prise tout à
coup d'un besoin de mouvements violents,
de soirées l'hiver, de pique-nique l'été, où
elle se tenait, seule sur un tertre, à rêver,
sans souci de ceux qui l'entouraient et la
laissaient faire. Elle restait neutre. Du
vague l'envahissait; ce vague des jeunes
qui voudraient connaître de l'amour, —
dont elle songeait la nuit, pelotonnée au
fond du lit de plumes, qui faisait bourrelet.

Mahomet disait : « contre l'ennui,
prends un rabot ; » certains pères disent
à leurs enfants : « tu t'ennuies, prends un
marteau et frappe-toi sur les doigts ». Madeleine n'avait envie d'essayer ni du rabot,

ni du marteau, mais d'un amant. A quelque classe des amants qu'il appartint, qu'il fut rêveur comme Chatterton, chevaleresque comme Buckingham, ou amoureux comme des Grieux, peu lui importait! Ce à quoi elle aspirait, c'était la nouveauté dans l'expression de l'amour et elle avait cette curiosité des femmes qui n'ont connu que le mari, et voudraient savoir si les autres variétés de l'espèce ressemblent à l'échantillon légal.

Cependant elle hésitait, ne pouvant raisonnablement se jeter à la tête d'aucun homme, et n'en trouvant pas de digne d'elle. Il fallait l'occasion, qui justifie bien des choses. Mais l'occasion ne venait pas. Cette fantasque n'aime pas qu'on lui coure après. On doit l'attendre. Madeleine attendait, et, — phénomène à noter, — sa curiosité n'était pas un besoin physique, un effet de tempérament, — il y avait bien quelque chose de cela, — mais surtout le besoin moral de prendre le rabot indiqué par le prophète.

Autre histoire. Dans les premiers temps

elle avait compris l'amant sans l'adultère
et s'était figuré ne devoir à son mari que
son corps : le corps seul. Par cet abandon
partiel, le cœur réclamait et légitimait son
droit à l'indépendance. La jeune fille qui
marche à l'autel a toujours une restriction
mentale qui modifie ses serments. Le mari
ni la famille n'en savent rien. Elle promet la possession, non la propriété, et se
réserve le fond en donnant l'usufruit. Le
fond : c'est l'amour, qui passe et change
de sujet. Chez Madeleine, le sujet n'était
pas encore trouvé, et était, comme l'occasion, lent à venir. Elle l'attendait de même,
et finit par lui faire, comme pour le
hâter, progressivement, successivement
et in petto, l'abandon de l'usufruit réservé.

Une autre chose encore : Elle avait
peur de vieillir. Dans le désœuvrement
de tous les jours le corps s'énervait. La
taille grossissait, pas beaucoup, mais
assez : les épaules prenaient du plein
et dans l'arrondissement de leur blancheur lactée, Madeleine voyait l'âge
heureux s'enfuir. Elle n'avait pas goûté

les plaisirs qu'il comporte : il les lui
fallait à tout prix maintenant. — C'est
ainsi, qu'au milieu des invisibles tourments de cette âme à laquelle ni le mari,
ni le prêtre, ni le théâtre, ni le livre n'a-
vaient suffi, la décomposition morale
accomplissait son œuvre.

IV

Philippe abaissa la main levée de Madeleine.

Ils étaient debout tous les deux : Madeleine, les pieds dans la lumière du foyer, la tête dans l'ombre projetée par le manteau de marbre blanc de la cheminée. La chambre silencieuse avait l'air de les écouter ; d'écouter surtout le cœur de Philippe, dont les battements précipités, tumultueux faisaient comme un doigt frappant sur une étoffe tendue ; des battements que n'étouffaient pas le bruit de ses pas sur le tapis. — Car, il allait et venait, chancelant, heurtant les meubles, absorbé dans sa réflexion ;

ne se voyant pas dans la psyché qui lui
faisait face.

Tout à coup, il tourna brusquement
sur lui-même, vint s'appuyer à la cheminée, et de cette voix entrecoupée, scin-
dée, grave, que donnent les sanglots
contenus :

— Que voulez-vous que je fasse de
vous maintenant, dit-il? Vous m'avez fait
la plus grave injure qu'un homme puisse
recevoir. Qu'est-ce que vous allez devenir
si je vous abandonne?

— Ah ! fit Madeleine ennuyée, si nous
tombons en plein drame !

Philippe fut brusquement rappelé à la
réalité :

— Je ne suis pas en plein drame,
reprit-il, et vous savez bien que Valentine
a besoin de vous, que votre frère Paul
a besoin de moi ,et que je dois aussi songer à eux

— C'est, reprit Madeleine, une obliga-
tion bien volontaire, car personne, que
je sache, ne vous a prié de vous en
charger.

— Ma chère Madeleine, reprit Philippe, en faisant un effort pour rester maître de lui-même, — et changeant tout à coup de ton et de manière, — je vous trouve nerveuse depuis quelque temps. Avez-vous à vous plaindre de moi ?

— Moi ! fit Madeleine, mais non, du tout! au contraire! vous êtes le meilleur des époux, et je vous adore.

— Je m'en aperçois bien, dit à part Philippe, qui ne put s'empêcher de rire. — J'avoue, reprit-il, que ma colère a été stupide et vous en demande pardon. Je n'ai pas été plus maître de mon premier mouvement que vous maîtresse du vôtre!

— Si fait, moi ! affirma Madeleine.

Philippe sourit et s'asseyant près d'elle ;

— Avouez, fit-il, que vous vous ennuyez ?

— Ce que c'est pourtant que d'y voir clair ; moi ! m'ennuyer ? dit Madeleine. Et pourquoi ? Je trouve le café où vous allez charmant, votre pipe remarquable, vos foires adorables, vos intérêts admirables, ma solitude exquise et votre perspicacité merveilleuse.

— J'en suis vraiment charmé, dit Philippe piqué, et, pour ma part, je reconnais, sans peine, qu'il n'y a pas au monde d'esprit plus élevé, de cœur plus délicat, d'imagination plus tendre, de conversation plus aimable que ne le sont l'esprit, le cœur, l'imagination et la conversation de la délicieuse femme près de qui je suis assis.

— Alors, tout est pour le mieux, quoique à ce compte il soit difficile de nous entendre.

— C'est tout entendu, ce me semble, dit Philippe. Puis, plus grave, en se levant : Voyons, ma chère enfant, continua-t-il, voulez-vous que nous parlions sérieusement ?

— A quoi bon ? N'avez-vous pas tout deviné ? Je m'ennuie !

Philippe, contrarié, fit un mouvement.

— Cela vous chagrine ?

— Cela et autre chose, dit Philippe, et tout !

Et s'approchant d'elle et lui prenant les mains tendrement :

— Ce qui me chagrine surtout, ma pauvre Madeleine, c'est ton manque de confiance. Pourquoi ne me dire rien quand tu souffres? Me crois-tu incapable de te consoler?

— Vous! fit Madeleine en dégageant ses mains de celles de Philippe, allons donc!

Elle se leva aussi, s'appuya quelque temps à la cheminée, réfléchissant, puis, revenant à son mari:

— Eh! mon pauvre Philippe, dit-elle, quand je me plaindrais? Qu'est-ce que tu pourrais y faire?

— Qui sait? fit-il.

Elle continua un peu dramatique, s'accentuant peu à peu, scandant ses phrases, se grisant du bruit de ses paroles:

— Quand je t'aurai crié: aide-moi! sauve-moi! je me sens entraînée, vaincue, tu n'aurais qu'à maudire ton impuissance... Tu veux que je te parle sérieusement; je le fais, tu vois?... Je laisse de côté mes mauvaises paroles et mes méchantes raisons... Le danger ne

2

vient ni de toi, ni de moi... il est dans
l'air, dans l'incertitude de mes pensées,
de mes désirs, de ma volonté, dans ma
solitude... C'est de cela que je souffre et
aussi de l'amour qui n'est plus : j'attends
l'amour qui va venir... Pourtant je t'aime
encore,.. mais j'ai peur de ne plus t'aimer,
et je voudrais t'aimer toujours... J'ai de
mauvais moments où je suis nerveuse, emportée, ingrate... Cependant tu es bon, on
ne peut pas dire le contraire.... tu as fait
beaucoup pour les miens. Pardonne-moi !
veux-tu ? Tu ne sais pas, après, comme j'en
souffre !.. mon sang me brûle.. J'ai des
visions étranges mêlées de rêves accablants
et de pensées de crimes,... des jalousies
qui me laissent froide pour toi,... des temps,
pendant lesquels je sens que tu ne m'es plus
rien. Tu comprends cela, n'est-ce pas, mon
bon Philippe?... Je t'aime !

Elle était à son cou, ses deux bras le lui
serrant étroitement. Son corps, qui tremblait tout entier, pesait sur Philippe, le
contournait, l'enveloppait, l'entraînait. Elle
le regardait, les yeux dans les yeux, la tête

un peu renversée, avec les frisons légers
de ses cheveux, que la respiration de son
mari faisait danser. Des parfums s'échappaient des nattes blondes, des épaules, de la
robe. Ses genoux heurtaient les siens, une
sueur moite l'envahissait. Il voulut se dé-
gager, mais elle le retenait, continuant à
lui parler avec sa voix de contralto, caline,
insinuante, caressante, flatteuse, dont les
modulations lui allaient au cœur.

— Ma chère enfant, dit Philippe, je t'aime,
et je suis faible: qui sait comment tout
cela finira ? .   .   .   .

.   .   .   .

— Imbécile, dit Madeleine, en arrangeant
devant la glace ses cheveux défaits.

Puis, elle ajoutait tout bas, de peur probablement d'être entendue d'elle-même:

— Je crois cependant que j'étais sincère!

V.

Juillet était venu déjà : un juillet ensoleillé. Chacun travaillait aux champs. Les foins étaient rentrés depuis longtemps, et l'on coupait les seigles pleins de nielles violettes, de pàquerettes blanches et de bluets azur. La nature, que la faucille du moissonneur allait délivrer, avait déployé les couleurs de son drapeau, sous les plis duquel couraient, effrayées, les couvées fraîchement écloses de cailles et de perdrix.

Philippe, dès le matin, et presque avec l'aurore, chaussait, à cause de la rosée, ses grandes guêtres de cuir et suivait les travailleurs. Il étudiait les effets d'une moissonneuse Johnson, et espérait, par elle, être prêt assez tôt pour porter son blé au marché avant la baisse. Madeleine et Valentine ne se levaient que plus tard, à l'heure où Philippe, revenant pour le premier déjeuner, trouvait prête une de ces soupes aux légumes et au pain noir, dans lesquelles on met de la crème de lie et qui sont un des meilleurs régals connus.

La maison était, en même temps, maison de ville et maison des champs, le domaine se trouvant à quelques pas de Saint-J... où était la maison. Nanon régnait sur les deux, gourmandant, grognant et se fâchant contre « ceux du domaine» quand les menus suffrages n'arrivaient pas à temps. Dévote, elle allait, tous les matins, à la messe de cinq heures, ce qui ne l'empêchait pas d'être raisonneuse, acariâtre, volontaire et de se croire infaillible. Elle était fille, absolument fille et s'en était aigrie. On souffrirait à moins. Son autorité, dont elle abusait, était justifiée par quarante ans de services dévoués, et elle ne se gênait pas, pour faire comprendre, comme les servantes de Molière, à son maître qu'il n'était qu'un sot, mais elle se soumettait à Valentine. Les dix-huit ans de celle-ci diri-

geaient tout, et quand mademoiselle avait dit :
« je veux, » Nanon se taisait. Le grand frère, —
c'était Philippe, — subissait cette influence
de jeune fille, qui, n'ayant rien à faire,
veille à tout, et met, sur la table, les blan-
cheurs des nappes, et, dans tout les coins,
les parfums des fleurs. Cette façon d'abuser
des cheminées pour en faire des jardins
était la gaieté même. Valentine riait de toutes
choses avec le rire étincelant des brunes,
de Philippe, de Nanon, des amoureux de
sa sœur, du pharmacien Jappeloup, qu'elle
appelait « Pas-de-chance », du médecin Blanchemain et du marchand d'engrais Lambezat.

Un soir, au dîner, Madeleine annonça
qu'elle attendait, le lendemain, Lambezat.
Blanchemain et Jappeloup, avec leurs femmes, leurs enfants et leurs cannes à pêche.
On irait au saut de la Big.... on y déjeunerait
et on reviendrait pour souper. Les dames
iraient en voiture, et les hommes à pied,
fumant leur pipe et pêchant.

Ils arrivèrent, en effet, en deux groupes :
les hommes d'abord. Le pharmacien Pas-

de-chance avait des prétentions artistiques,
et était membre de la fanfare de la ville,
où il jouait indifféremment de tous les instruments, même du nez, car il nazillardait,
étant tombé jadis, enfant, sur cet appendice
utile d'une façon fort désastreuse. Sa grande
passion était sa clarinette, qu'il avait appor-
tée pour en faire, disait-il, partout où il y
aurait de l'écho! Blanchemain paraissait
absorbé et comptait sur ses doigts, rêvant
un sonnet léger d'allures, et qu'on pût
adapter sur un air de valse. Ce grand maigre
avait le mot burlesque. Quant à Lambezat,
il remarquait avec orgueil et très-haut la
beauté des récoltes chez les propriétaires qui avaient acheté de ses engrais.
Plein d'effusions, quand il serra la main
de Madeleine, ce fut avec un air tragico-
lyrique qui n'admettait pas de réplique.
Son prénom prêtait avec usure au roman-
tisme de son regard. Sa mère, on n'avait
jamais su pourquoi, ni elle non plus, l'avait
appelé : Orlando; il faisait ce qu'il pouvait
pour justifier ce grand nom, mais n'y arrivait guère.

Dans l'encadrement des vergnes se rejoignant en voûte, depuis plus d'un kilomètre en amont, la rivière bondit avec fracas sur des roches de granite bleu, pour s'arrêter de temps en temps, tourmentée encore, sur un fond de sable rouge, que raye d'un trait chatoyant le passage rapide des truites. Suivant l'obstacle, l'eau s'écoule en filets, s'épanouit en éventail, rejaillit en perles, tourbillonnant sur elle-même, faisant ouillette, jusqu'à ce qu'elle ait trouvé une première issue, qui la rejette encore contre un nouvel obstacle. Les racines des arbres, dépouillées de leur enveloppe de terre semblent des enroulements monstrueux de serpents apocalyptiques, noirs, difformes, prenant, dans le reflet tremblotant et irisé de l'eau, des ondulations fantastiques. Le tapage étourdissant s'accentue encore par la présence de deux coteaux abrupts, couverts de bois, de ronces, de fougères royales, de bruyères roses, d'ancolies bleues et de phyteumas blancs : vrais nids à vipères, à travers lequel sinue un sentier étroit, glissant, oblique et forçant le marcheur à

2'

contourner le pied et se tenir aux branches. Ce sentier s'arrête contre d'énormes masses granitiques, jetées là. Cela forme la grande chute. Retenue d'abord dans un bassin naturel creusé dans la roche elle-même, l'eau se frayant un passage, tombe, avec bruit, dans le bassin inférieur, d'une hauteur de dix mètres.

Cent mètres plus bas que le saut de. la Big..., au milieu d'autres rochers et d'autres bois, se trouve un moulin. Ce fut là qu'on alla d'abord, chacun ayant apporté des vêtements de bain.

Le meunier avait levé ses pelles. L'eau, s'échappant avec force, tombait sur les épaules des baigneurs assis à la file; situation bizarre qu'aucun peintre n'oserait reproduire, et qui, pourtant, est dans la vérité authentique des faits. Ils se tenaient accrochés les uns aux autres, entrelacés presque, chacun d'eux se trouvant entre les genoux du précédent, homme ou femme, ayant d'ailleurs assez à faire de résister au courant. — Je sais bien que je dis une chose invraisemblable, mais j'affirme

encore la vérité du tableau. — On s'arc-bou-
tait autant que possible sur les galets ar-
rondis, glissants, couverts de cette mousse
verte et gluante, dont se recouvrent, l'été,
les pierres dans l'eau. Celle-ci, bouillon-
nante et rejaillissante, faisait un nuage
d'écume sous lequel les corps disparais-
saient, ne laissant voir que des épaules fris-
sonnantes, indiscrétement dessinées par les
costumes mouillés, qui collaient. Pas-de-
Chance était à l'extrême bout, maintenant
Madeleine, qui maintenait Orlando Lambezat, lequel rendait le même service à la
baigneuse qui le suivait. Dans cette scène
à la Paul de Kock, les genoux pressaient
les hanches, sans que personne songeât à
mal. Seul le pharmacien, qui servait de
point d'appui à tous, faisant semblant, de
temps en temps, d'être entraîné par le flot,
se laissait glisser sur le dos. Les baigneurs
qu'il ne retenait plus, roulaient alors avec
lui dans un pêle-mêle indescriptible, avec
des cris, des rires, des mains qui battaient
l'écume, des pieds nus s'agitant en l'air.
Le meunier, tout blanc, debout devant la

porte de son moulin riait d'un grand rire heureux, jusqu'aux oreilles. Puis on se remettait tant bien que mal sous la douche bienfaisante, assis sur les galets, s'accrochant des doigts crispés aux saillies du mur du chenal. — Les enfants, plus loin, s'ébattaient et se poursuivaient dans six pouces d'eau.

Cela durait, quand Valentine, rompant la chaîne et sautant sur le revêtement de l'écluse, toute ruisselante d'une onde diamantée par le soleil, toute modelée dans ses formes juvéniles par ses vêtements se plaquant par endroits, avec des plis cassés, raides, à la manière des dessins de Grévin, dit :

— Ecoutez !

Une voix forte et bien timbrée venait d'entonner, dans l'épaisseur du bois, mais tout près, une vieille chanson limousine, dont voici le texte :

> Beisso-tou, mountagno,
> Leive-tou, vallou,
> M'empechan de vére,
> Ma mio Djannettou.

Li cor de ma mie
Li fé tant de mau,
Quand y la vò vére
La console in po.

Le nez du pharmacien, subitement mis
en éveil, murmurait :

N'as-tu pas por que li loup s'épine?
Fa lou ferra, ne s'épinora pas!

Tandis que de cette main légère qui
brassait les sirops et mélangeait les pâtes,
il saisissait sournoisement sa clarinette
posée sur le gazon, à côté de lui. On écoutait. Tout-à-coup, au milieu de ce chant
doux, souple, cadencé, et fait d'une passion naïve, qui ressemblait à un soupir
d'amour, s'harmonisant avec le murmure
des arbres, le tumulte des eaux, les rayons
moites qui passaient à travers les feuilles,
les miroitements d'argent de la cascade,
retentit un accompagnement criard, pré-

tentieux et bête, qui sortait de la clarinette
du pharmacien.

Avant qu'on ne se fut levé, un jeune
homme, veste de velours de chasse, grandes guêtres jaunes montant jusqu'aux genoux, boîte d'herboriste au dos, se trouvait
à côté de Valentine. Il avait sauté d'une
dizaine de pieds de haut sur la jetée glis-
sante de l'écluse, au risque de tomber dans
l'eau de l'un ou l'autre côté, — ce qui
d'ailleurs semblait l'inquiéter médiocrement, — beaucoup moins même que d'offrir la main à Valentine, qui paraissait
défaillir.

— Pardonnez-moi, mademoiselle, dit-il,
la frayeur que je vous ai involontairement
causée, et sans ce butor qui m'a interrompu...

Le pharmacien Jappeloup était debout,
brandissant sa clarinette, son gros ventre
pointant sous la flanelle de son costume
mouillé, et ses favoris laissant tomber de
leurs pointes des gouttelettes taquines qui
l'agaçaient.

— Le butor ! répondit-il, c'est...

— Allons! allons! dit Madeleine, qui ne put s'empêcher de rire aux éclats, c'est de votre faute. Aussi, mon pauvre Pas-de-chance, que ne vous taisiez-vous!

Valentine, de pâle, était devenue toute rouge.

———

VI

— Vous avez néanmoins, monsieur, dit Madeleine au déjeuner, une façon fort originale de vous présenter.

— Voulez-vous que je recommence ? dit le jeune homme.

Et il ajouta gaiement :

— Georges Hériart, ingénieur métallurgiste, trente-deux ans et un bon estomac, ce dont vous pouvez juger, travaillant pour les autres, s'amusant pour lui, et demandant à l'existence tout ce qu'elle peut lui donner de bon.

— Et qu'est-ce que vous lui demandez actuellement, à l'existence ?

— Du fer, répondit Georges, avec quoi

l'on fait les corsets, les aiguilles, les télégra-
phes, les canons, les clous de ligne, les
sommiers élastiques et les boutons de man-
chette en argent. La chose la plus utile
après le bois, encore le bois peut-il se
remplacer par la houille.

— Est-ce qu'il y a du fer dans notre
contrée ?

— Il doit y en avoir chez votre mari. La
route qu'on trace dans son domaine a découvert des minerais assez riches.

— Et vous veniez à la maison ?

— J'y allais, et j'y vais, — plus que jamais, madame.

Le mot était pour Madeleine, mais le
regard pour Valentine.

— Je vous demande pardon de mon indis-
crétion, fit Madeleine, — mais cette boîte —
en fer — que vous portez, est-ce pour y
loger des filons?

— Des échantillons tout au plus, reprit
Georges, et aussi des plantes : quelques
exemplaires pour mon herbier, et des gerbes
pour ma mère qui adore les fleurs des
champs !

— Ah ! fit Madeleine.

Le nez de Jappeloup s'agitait ; il avait envie de dire une sottise. Georges le regardait, il se tut.

Au retour, Lambezat à Madeleine :

— Pourquoi Philippe n'est-il pas venu ?

— Une idée à lui !

— Vous ne voulez toujours pas aimer ?

— Est-ce que je sais ?

Puis à voix basse et vite.

— Faites attention ! votre femme nous écoute.

— Charmante ! pensait Lambezat.

VII

Une après-midi de septembre, un domestique nouveau venu, apporta à Madeleine une carte ainsi conçue :

El señor PABLO CABRERO

Caballero.

— Quest-ce que c'est que ça ? demanda Madeleine.

— Madamo, fit le domestique, en son patois, ché uno refugié spagnol qui domendô a vo vere.

— Quel ennui ! dit Madeleine. Faites entrer !

Un grand gaillard, avec la barbe entière

et une capote de soldat, ornée de trois
galons de capitaine, était sur le seuil.

Madeleine avait reconnu son frère. Le
domestique était sorti et cette mascarade
déplaisait à Madeleine : elle le dit à Paul.
Que venait-il faire à Saint-J.... sans y être
appelé ? surtout après être resté quatre ans,
presque sans écrire, sinon pour demander
de l'argent ?

Paul répondit :

— Charmant accueil ! mais j'en ai reçu
de plus mauvais !

Et il ajouta, — la conversation continuant:

— Philippe va bien ? et Valentine ? elle
doit être grandette maintenant : ce qui ne
compte plus dans la vie de l'homme,
compte dans celle des enfants. Les verrai-je?

— Comme tu voudras , dit Madeleine ;
puis, domptant sa mauvaise humeur :—
Pourquoi cet appareil militaire ? je te croyais
en Angleterre.

— J'y avais, dit Paul, des rhumes de cerveau. L'Espagne est meilleure. Ce pays du
chocolat sans sucre et des cigarettes est,
grâce à son don Quichottisme politique,

propre aux aventures. On y devient capitaine tout de suite. Don Carlos n'a pas de
préjugés.—l'honnête homme!—et vous fait
monter volontiers les chevaux qu'on soignait
d'abord. Mais tout ça, c'est bien mêlé.

— Je m'en aperçois, dit Madeleine. —
Paul, trouvant le compliment aimable,
salua. Elle demanda :

— Alors tu étais ?

— Muletier, pour te servir, avec un costume andalou des plus réussis : je résumais
un opéra-comique à moi tout seul : boutons en filigrane d'argent, veste de velours,
résille pendante. Ce n'est pas chaud à la
tête, mais j'y mettais mon mouchoir de
poche et un chapeau haut de forme par
dessus. Cette superfétation me fit remarquer.
On me fit soldat, puis capitaine ; j'allais tous
les jours à la messe, et la servais quelquefois.

— Toujours fou, alors ?

— Toujours.

— Et ta femme ?

— Laquelle ?

— Ne t'es-tu pas marié à Londres ?

— Hélas ! cent fois hélas ! cela n'a pas
été jusque-là. Miss Arabella, — cette blonde
pudique ! — me rentrait tous les soirs ivre
de gin. Elle se disait culottière pour ladies
et appelait ça travailler dans son magasin.
Mais, en réalité, elle flirtait avec les cochers
de cab et vivait au cabaret. Je l'ai lâchée.

— Alors tu n'es pas marié ?

— Si fait ! trois fois depuis. La première
fois à Berlin : une Allemande, fort jolie
du reste, bien développée et de l'idéal en
veux-tu en voilà ! Jamais je n'ai vu de
femme résister comme elle à la choucroûte,
aux moss accumulés, au saucisson à l'ail et
à la fumée des pipes. C'est la poésie du pays
qui veut ça. Tu sais que j'ai toujours été
poëte ? Un jour, dans le Wilhemstrasse, un
officier prussien se retourne en nous voyant,
et dit : « Diens ! Chossévine ! » Chossévine !
Ça veut dire Joséphine. Ma femme pâlit. Je
l'interroge ; elle ment impertinemment.
Je prends des informations, ce que j'aurais dû faire d'abord. C'était une Française
naturalisée, trop naturalisée ! Son portrait se trouvait dans tous les albums

d'hôtels garnis : de là mon premier divorce.

— Après ?

— Après ? c'était en Bosnie, avant la guerre. Une jeune fille charmante, avec ses cheveux nattés, son collier de piécettes, son gilet et sa chemise brodés de rouge. Là-bas, on ne s'habille que d'une chemise, d'un tablier à franges et d'un gilet, ce qui ne fera jamais le bonheur des ouvriers lyonnais.

— C'est peu, en effet !

— Tu sais, — ou plutôt tu ne sais pas que, dans ce pays, le cortége nuptial est armé jusqu'aux dents. Il accomplit d'ailleurs son rôle de cortége avec une louable exactitude, et accompagne les époux jusqu'à la chambre nuptiale ; puis il attend. Une fois renfermés, l'épouse déshabille l'époux ; l'époux déshabille l'épouse, et on est d'une maladresse !!! Bref, si l'époux éprouve, — ce qui doit être, — une légitime satisfaction, il ouvre la fenêtre et tire un coup de pistolet, signal d'une pétarade universelle. Voilà pourquoi le cortége est armé.

— Ah !

— Mon Dieu, oui ! Mais rassure-toi.
Instruit par mes précédentes expériences,
je ne jugeai pas bon d'ouvrir la susdite
fenêtre. Le costume léger de ma femme
n'avait pu défendre sa vertu ; elle habitait la
zone militaire. — D'où, second divorce. De
là, en Italie,

— En Italie aussi !

— Aussi, et pour de bon. Une marquise ;
douze mille cinq cent soixante-quinze
lires de rentes — des vraies ; elle les a tou-
chées. Nous nous aimions éperdument.
La marchesa dei Pianti : la marquise des
pleurs. — Je dis aujourd'hui : des piaule-
ments. Le nom n'est pas gai, — mais comme elle allait en changer et s'appeler la
signora Capraio...

— Comment dis-tu ?

— Capraio, en italien ; Goat-Herd, en
anglais ; Cabrero en espagnol ; Chevrier,
en français. C'est mon nom ! Rien de plus
simple. Où en étais-je ?

— A la signora.

— Bon ! Trois mois après, dans un des
mille recoins de la villa Pamphili, à Rome,

— là où les jeunes prêtres viennent étudier leur théorie, — la marchesa me dit : — j'entends encore sa voix ! — Amico mio ? — Quoi ? répondis-je. — Mio Capraio, mio Capraiolino, mio Capraiolinetto ? Je vais tout te dire, il le faut, io son madre. — Déjà ! m'écriai-je stupéfait, déjà mère, et de qui, bon Dieu ? — D'uno deputato progressista. — D'un député progressiste ! Et moi, qui ai toujours été conservateur ! Ce fut le dernier coup.

— Et maintenant, qu'est-ce que tu veux ?

— Ma petite sœur chérie, tu ne devines pas ?

Madeleine avait fort bien deviné. Elle reprit : Combien ?

— Sept mille.

Jamais il n'avait demandé une somme aussi forte. Madeleine étonnée, répétait : — Combien ?

— Sept mille, redit Paul. Six mille deux cent cinquante pour consoler miss Arabelle de mon départ, et le reste, moins vingt et un sous trois centimes, — pour payer les frais du procès.

— C'est absurde, fit Madeleine. Quels

frais? Quel procès? Quel besoin de consoler
cette demoiselle ?

— Ah, voilà ! Pendant que je me prome-
nais, la donzelle me faisait assigner, en
France, en promesse de mariage, — elle
avait des lettres, d'avant la déception, —
ou à lui payer cinq cents livres sterling.

— Eh, il ne fallait pas écrire !

— Sans doute, mais j'avais écrit, pourtant pas pour cinq cents livres, et le tribunal
humain et miséricordieux, « considérant
qu'en fait de mariage » je lui avais beaucoup plus donné que je ne lui avais promis,
a réduit la somme à deux cent cinquante
livres. Soit, en bon argent français, six
mille, etc. ; ce jugement date d'un mois, et
voilà la copie, sur papier de l'État, déli-
vrée par la main toujours grappillante de
l'huissier.

Madeleine interrompit.

— Alors, paye !

— Bon moyen, ça ! mais...

— Ou épouse.

— Je ne peux pas ; la marchesa ! je
serais bigame.

— Ta femme est riche ; elle tient à toi et
a besoin de se faire pardonner. Emprunte
à ta femme. Elle versera quelques pleurs,
— c'est son rôle, mais elle payera.

Paul s'était levé :

— Ma chère Madeleine, fit-il, tu diras
à Philippe combien je regrette de ne pas
le voir, et tu embrasseras Valentine pour
moi.

— Voyons, dit Madeleine, en se levant à
son tour pour le retenir, car il s'en allait,
pas de nouvelles folies , n'est-ce pas?
Pourquoi ta femme ne te prêterait-elle
pas ?

— Parce que, répondit Paul, j'aime mieux
ne pas payer du tout, que de payer de cette
façon-là.

— Tu nous empruntes bien, à nous?

Une rougeur monta aux joues de Paul
qui ne répondit pas. Madeleine reprit : —
Est-ce sérieux ? Paul répliqua :

— Il est inutile, ma chère Madeleine, de
s'occuper de cette misère. J'ai eu tort de
m'adresser à vous, et tu as eu raison de
me le faire sentir. Tu m'as parlé comme à

un malhonnête homme, et heureusement je
ne le suis pas. Adieu !

— Adieu ! fit Madeleine ; puis : et où
vas-tu ?

— Mon Dieu, dit Paul, où vont généralement les gens qui n'ont pas le sou et n'ont
que deux partis à prendre, se tuer ou se
faire soldat.

— Alors tu vas te faire soldat.

Paul paraissait absorbé ; il répondit :

—Le diable m'emporte si je le sais encore ?

Madeleine comprit. — « C'est qu'il est
capable de faire cette sottise », — elle pensait au suicide et elle ajouta : C'est bon !
j'en parlerai à Philippe.

VIII

Il y a quelque soixante ans, le goût suprême, chez certains particuliers, était de planter des labyrinthes. Le mode le plus employé était la spirale double. On partait de la circonférence pour arriver au centre et on revenait, sans interruption, à la circonférence. Les jeux bruyants de notre enfance rencontraient un élément dans ce tournoiement incompréhensible pour nos jeunes cerveaux, tournoiement qui nous rejetait, suivant la direction, tantôt au dedans, tantôt au dehors. Nous nous figurions décrire un cercle parfait, et progressivement, à notre grande stupéfaction, nous nous trouvions, ou dans la lumière éblouis-

sante des soleils de juin, ou dans l'ombre
tamisée des charmes. Les dispositions
mêmes du labyrinthe prêtaient aux mépri-
ses. Tel, dans nos poursuites enfantines,
était loin de nous que nous eussions pu
saisir à travers la haie; tel, en réalité était
près, que nous croyions éloigné, tel autre,
pensant échapper, venait imprudemment
se jeter dans les bras de celui qui le cherchait.

Cette illusion du labyrinthe se retrouvait
dans l'âme de Madeleine. Elle se figurait
être loin du péril et de l'amour qu'elle entre-
voyait, d'une façon confuse, dans l'indécision de sa pensée flottante, dans l'indéfini
de ses rêvasseries.

Il n'est pas de mystère plus indéchif-
frable que ce qui se passe dans l'esprit
d'une femme inoccupée. La marée qui
monte a moins de mobilités. Le fil d'A-
riane, pour sortir du labyrinthe, manquait
à Madeleine. La pelote, depuis Thésée, en
est épuisée, et ce fil qui devait sauver le
héros, ne profite guère aux femmes. Il
n'empêcha pas Ariane d'être abandonnée.

Madeleine n'y pensait guère. Elle se disait avec un demi-sourire : « Si Philippe allait refuser ! » Et elle pensait à Lambezat.

Comme on le voit, le desir général se formait, se personnalisait, prenait figure, avait un sujet. L'amant impersonnel se dénommait. Madeleine commençait à choisir parmi ses adorateurs burlesques : n'importe lequel, le premier venu, mais sans énergie. Au fond, cela lui était bien égal. Etendue dans son fauteuil, après le départ de son frère, elle ne savait à quoi se décider et était, comme dit Montaigne : « peu ménagère de sa volonté » se décidant avec peine, faisant autant d'efforts pour un oui que pour un non, et ne résolvant rien.

Il en est de l'âme humaine comme de toutes les choses créées. Cette vérité nouvelle n'est pas neuve. Les choses, vues au microscope continuent, dans l'infiniment petit, la théorie de l'harmonie générale. Une barbe de plume, suffisamment grossie, offre l'aspect de la plume toute entière, et chacune de ses barbelles reproduit, à son tour, la barbe elle-même. Les maladies visi-

bles n'attaquent que dans une certaine
mesure cette géométrie décroissante. Souvent quelque chose d'intact demeure. De
même dans le microscopisme de l'âme. Ce
qui restait inattaqué chez Madeleine, c'était
sa naïveté, une certaine badauderie incon-
sciente, que les déceptions n'avaient pas
encore effleurée, pour la bonne raison
qu'elle n'avait pas encore éprouvé de vraies
déceptions. Elle croyait aux livres, aux
héros de romans, aux imaginations des
faits divers, et se figurait des hommes capables d'être généreux pour rien. C'était ce
qui lui faisait penser à Lambezat, au cas
où Philippe ne voudrait pas. Son ignorance
ne voyait pas le danger, et ne songeait pas
qu'il y avait autant de perversité dans cette
façon d'agir, propre aux cocottes trop
mûres, que dans le fait lui-même. Ces dis-
tinctions subtiles lui échappaient, d'autant
plus qu'il y a toujours, — quoi qu'on die,
— des obstacles matériels qui ne paraissent
rien et qui sont tout. Une sorte de jésui-
tisme dans l'esprit arrête les femmes. Une
se donnerait volontiers tout entière, qui

n'oserait jamais défaire elle-même la bride
de son chapeau. Certaines audaces sont
impossibles. Puis Lambezat était un ami.
On peut s'adresser, sans déshonneur à un
ami, et Madeleine se sentait protégée par
ce titre.

Elle n'admettait pas que Philippe refu-
sât. Malgré l'importance de la somme, il
y allait de l'honneur de la famille, quelque
étrange que pût paraître le mot dans l'état
moral où se trouvait Madeleine. Il y allait
peut-être aussi de la vie de son frère. Sa
tête chaude était capable de tout, et Philippe
ne voudrait pas s'exposer aux désagré-
ments d'une affaire de ce genre. Il hésite-
rait, c'est possible, mais ne ferait qu'hési-
ter, n'ayant jamais su dire non. Il n'y
avait donc pas de raisons pour s'adresser à
Lambezat ! Lambezat ! quelle bonne folie
même d'y avoir songé ! Philippe en serait
quitte pour prendre des précautions, afin
que ceci ne se renouvelât pas. Voilà tout.
Elle lui en parlerait, et la chose irait de
soi.

IX

— Ma chère enfant, répondit Philippe à
Madeleine, qui venait de lui expliquer la
situation, j'ai déjà fait beaucoup pour ton
frère. Voilà dix ans qu'avec Valentine il
vit de nos ressources. Non pas que je le
lui reproche ! Mais il faudrait aussi songer
à la petite. Quand Paul s'est contenté de la
rente de cent francs par mois que je lui
servais, cela allait cahin-caha. J'en étais
quitte pour avoir un cheval de moins à
l'écurie et pour travailler davantage. Du
moment que tu faisais ce que tu voulais
et que j'en souffrais seul, qu'importait !
J'avais réservé, en outre, le capital de cette
rente pour lui servir de dot; il y a long-

3

temps que ce capital n'existe plus. Aujourd'hui, il faudrait attaquer la somme égale que j'ai mise de côté pour Valentine. Je ne m'en reconnais pas le droit. L'avenir de cet enfant prime tout. — Ces quarante-huit mille francs, vingt-quatre mille pour chacun, — je te demande pardon de faire des chiffres, mais il le faut absolument, — représentaient tout mon argent disponible. Le reste de notre fortune est en terres et je ne trouverais actuellement la somme demandée par ton frère, qu'au prix d'une aliénation onéreuse. Nous sommes jeunes encore, nous pouvons avoir des enfants, et c'est là leur patrimoine.

— Alors, tu refuses !

—Avec cela, continua Philippe, nos revenus ne sont pas énormes. Je déduis l'argent de Valentine, qui est placé. Mon exploitation agricole me rapporte, bon an mal an et avec beaucoup de peines, une douzaine de mille francs, dont il faut retrancher les douze cents francs de Paul. Reste un peu plus de dix mille francs pour nous faire vivre tous et parer aux éventualités,

aux avances que nécessite une grande exploitation. Ce n'est pas trop. Si je me per-
mettais d'y toucher, ce serait un précédent,
et je n'en veux pas créer. D'ailleurs, tu le
sais, je suis malade ; mon hypertrophie du
cœur peut m'emporter d'un moment à
l'autre. Je tiens à te laisser mes biens libres de toute hypothèque. C'est pour toi la
sécurité et le bien-être dans l'avenir. Si
nous avions des enfants, mon testament te
réserve la jouissance. En outre, dans la
situation de ton frère, je ne crois ni à tes
craintes exagérées, ni à l'irréparabilité de
son malheur. Il a été condamné par défaut,
les délais d'opposition ne sont pas expirés,
et je me charge de faire réformer le jugement.

— Alors, répéta Madeleine, tu refuses?

— Certes ! je refuse ! Tout homme sage
et prudent en ferait autant à ma place.

— C'est bien ! fit Madeleine, qui sortit.

X

La nuit sombre, opaque, avait jeté son ombre sur les murs gris des maisons et mettait des visions effrayantes dans les baies des portes, dans l'embrasure des fenêtres, dans l'encastrement du vieux puits, dont la chaîne se détachait brusquement en noir sur le fond noir. Le ciel, qui était sans étoiles et sans lune, augmentait encore l'intensité de la nuit, qui venait de tomber, et dans laquelle Madeleine marchait, rapide, voilée, rasant les murailles. Les réverbères, suspendus à leurs cordes grinçantes, la faisaient se mourir de peur. Suivant la poussée du vent qui les balançait, ils éclairaient tout à coup de leurs lueurs pâles des recoins obscurs où elle croyait voir des gens qui la guettaient. Elle s'arrêtait, puis, prenant·son courage à deux mains, filait comme une flèche à travers la rue inondée d'une lumière indécise. Le passage d'un chat surpris qui fuyait, le cri intérieur des portes dans les habitations, une traînée claire, s'échappant, comme un faisceau de feu, des contrevents mal assujettis, tout l'effrayait. Son regard, son oreille sondaient la rue, analysaient les formes bizarres que la nuit donne aux choses, la sonorité plus grande des bruits, ce silence troublé des villes qui veillent encore entre le travail du jour et le repos de la nuit. Tous ses sens étaient en éveil. Elle avait des envies folles, irrésistibles de retourner en arrière, de revenir dans cette chambre voluptueuse, qui lui semblait le paradis, tant elle souffrait. Elle ne pouvait. Une sueur froide, la sueur du crime qu'on va commettre lui perlait à la racine des cheveux, coulant le long des tempes avec un chatouillement désagréable. Elle se sen-

tait près de s'évanouir si elle n'arrivait
pas. Elle arriva enfin.

Lambezat, averti par un billet de Madeleine, l'attendait. Sa femme et ses enfants
étaient à la campagne. Lui était frais,
pommadé, rasé, parfumé, avec du linge
propre, l'air radieux, satisfait. Pour un
peu plus il eut pris des gants. Tout était
préparé pour la recevoir, la porte entre-
baillée, les fleurs renouvelées, le thé sur
la table, les rideaux tirés. Les bougies allumées dans leurs candélabres faisaient
ressortir la pâleur mate de Madeleine,
avec ses grands yeux verts cernés d'un
cercle de bistre. Le chemin de l'adultère
qu'elle avait autrefois rêvé semé de fleurs
gaies et de chauds rayons était un cal-
vaire. La faute souhaitée si chaudement,
désirée avec tant d'ardeur, entourée, par
son imagination, de tant d'ivresses heureuses, était un supplice. Elle avait beau
se dire : « Lambezat est un ami ! C'est
chez l'ami que je viens ! » Ses frayeurs, la
clandestinité même de sa venue la démen-
taient, et elle se sentait déchue irrévoca-

blement dans sa dignité de femme, dans
son honneur d'épouse, dans sa conscience
de chrétienne.

Explique qui voudra cette révolte im-
prévue, cette insoumission inattendue, ce
dernier remords, tout cela existait — trop
tard. En entrant, Madeleine se laissa tomber dans un fauteuil, plutôt qu'elle ne s'assit. Lambezat se mit près d'elle, l'encouragea, la consola, lui parla de son amour.
Il lui embrassait les mains, le front, les
paupières, l'entourait de ses bras, lui jurait une éternelle fidélité, à elle qui violait
celle qu'elle avait jurée. Madeleine restait
muette, affaissée, sans ressorts. Son corps
ne se prêtait à rien. C'était une masse
inerte. Elle se laissait faire, se rappelant,
malgré qu'elle fermât les yeux, une autre
nuit d'amour : la première. Autant celle-ci
l'abaissait, autant l'autre l'avait élevée ;
c'est que l'autre était permise, licite, légitime, honorée, bénie, tandis que celle-ci
était honteuse et lâche.

Lambezat, dès les premiers mots, avait
pris le tutoiement dégradant des amants

vaniteux. Il lui parlait avec une familiarité
bête, toute paternelle, l'appelant « ma fille »
tout court, comme on appelle les filles des
rues. Il riait stupidement, faisant des plai-
santeries atroces sur leur situation, sur son
mari, sur tout, la prenant pour une femme
habituée à ces sortes de choses et s'étonnant de ne pas la voir rire avec lui. Son
esprit bâtissait des plans, des combinaisons
« pour se revoir », « sans danger », « souvent », « économiquement. » Il la trouvait
gentille, mais un peu froide ; il l'instruirait !
Madeleine, épouvantée, écoutait. Comme il
la méprisait et comme elle se méprisait
elle-même de s'être donnée à ce brutal qui
ne comprenait pas ce qu'elle souffrait dans
cet effondrement de tout son passé.

Il fallait se décider à quelque chose avant
de s'en aller. Elle n'était pas venue pour la
bagatelle. Lambezat, au fond, s'en doutait
bien, attendant qu'elle parlât pour savoir
à quoi s'en tenir. Car il était très-prudent,
Lambezat, et ne s'engageait jamais, ayant
une façon, à lui, de répondre : Oui et non,
à tout ce qu'on lui disait.

3.

Alors, tout en boutonnant ses gants.

— Croiriez-vous, dit Madeleine, que mon mari, ce soir, m'a refusé de l'argent ?

Lambezat leva le nez comme un chien de chasse qui veut prendre le vent.

— Ah ! fit-il, je le crois — et je ne le crois pas.

Madeleine continuait :

— Une misère ! pour délivrer mon frère d'une désobligeante affaire.

Le marchand d'engrais ne répondit pas. .

— Oui, disait Madeleine, Paul a été condamné à indemniser une anglaise faute de l'avoir épousée ? Conçoit-on de ces choses-là ?

Lambezat ne croyait pas un mot de ce que lui disait Madeleine. Pour lui, c'était « une craque, une carotte » il eut envie de dire « c'te blague ! » mais il se contint et reprit.

— On peut le concevoir, mais je ne le conçois point. — Combien ?

— Sept mille francs, dit Madeleine, qui se sentait toute honteuse et écœurée, et

faisait visiblement des efforts pour parler.
Une plaisanterie! Philippe a trois cent
mille francs. Auriez-vous fait cela, vous?

Cela était dit directement, en pleine figure.
Lambezat tressauta.

— Moi! fit-il; c'est bien étonnant de la
part de Philippe, et ce n'est pas étonnant.
Il n'a pas d'enfants. Sept mille francs!
C'est une somme, cela, ma fille! Il faut
songer aux enfants. Et puis, ma femme est
jalouse. Elle fourre toujours le nez dans
mes papiers!... Si elle savait que tu es
venue ce soir, hein? Quelle scène!... Il
ne faudrait pas venir trop souvent, à cause
d'elle.... D'ailleurs, on n'a pas tant que ça
dans son tiroir!... Cent francs, deux cents
francs, bien! On les a ou on ne les a pas...
Si seulement, tu m'avais averti!... Je te les
aurais prêtés, sur billet. Il aurait bien fallu
que Philippe remboursât!... Mais comme
ça, tout de suite!... On avertit au moins
pour les échéances! Vraiment! je ne comprends pas Philippe, ou plutôt je le comprends sans le comprendre.

Madeleine, droite devant lui, les lèvres

blanches, le front d'une pâleur de morte,
le foudroyait du regard.

— Adieu ! fit-elle, je ne vous reverrai de
de ma vie !

Et elle s'enfuit.

—Quelle drôle de femme ! pensa Lambezat. Bah ! ça lui passera.

Et il ajouta, pour ne pas se compromettre
avec lui-même.

— Ou ça ne lui passera pas.

XI

Elle s'arrêta près d'une porte, au coin de la rue. Elle étouffait. Quelle honte! se disait-elle, quelle honte! Les sanglots lui montaient à la gorge. Elle ne voyait plus rien, n'entendait plus rien. Qu'est-ce que cela lui faisait, qu'on la vit maintenant? N'était-elle pas perdue? On l'avait refusée! Ce n'était rien d'être refusée, elle avait osé demander. Elle! Madeleine Erveu! Des tremblements convulsifs la secouaient toute entière. Elle n'osait plus revenir, s'assit sur une marche et se mit à songer douloureusement. Quelle heure pouvait-il être? Les horloges se taisaient et ce silence l'inquiétait. Si, par hasard, Philippe n'était pas couché, que lui dirait-elle en rentrant? Elle maudissait Paul, son mari, Valentine, Lambezat, surtout Lambezat, l'injuriant dans son esprit, avec de gros mots ! L'avait-il assez humiliée, mon Dieu ? Il lui semblait que tout l'abandonnait : le ciel, les hommes, sa conscience même. Ne vaudrait-il pas mieux mourir ? Oui ! mais — l'éternité !

La pluie s'était mise à tomber, fine et pénétrante. Elle ne la sentait pas. Il était près de minuit et elle avait été deux heures chez Lambezat. Deux heures qui en avaient paru vingt. Tout dormait ! Pas un bruit ! si ce n'est celui de l'eau tombant régulièrement des gouttières sur le pavé de grès du trottoir. Sa robe se trempait. L'eau lui coulait dans le cou, le long des reins, entre les épaules. Ses bottines d'étoffe étaient transpercées. Les rubans de son chapeau, pendaient dans son dos, comme des serpents morts. Elle n'avait ni manteau, ni parapluie. En eut-elle eu qu'elle n'eut pas songé à s'en servir.

A quelques pas devant elle, l'église s'élevait avec son clocher élancé dans la brume

et ses fenêtres mollement éclairées par les
lumières du tabernacle. Madeleine songea
à cela : Si l'église était ouverte, elle irait se
jeter au pied du Christ. Dieu est si bon!
il pardonne tout, lui! Son esprit se reporta
involontairement à sa jeunesse, aux gaietés
de son enfance, aux cierges de l'autel, aux
odeurs enivrantes de l'encens, à sa première
communion, en robe blanche, à ses mysti-
cismes d'alors, au cordon de saint François, qu'on lui faisait porter, et machinalement, sans conviction, sous la pluie qui
la glaçait jusqu'aux os, pour tromper ses
remords, elle se mit à dire son chapelet en
comptant sur ses doigts.

Elle ne songeait pas à rentrer. Le cimetière était à côté de l'église, avec ses cyprès
noirs. Un instant elle les regarda, éprou-
vant comme une distraction à les voir uni-
formément se balancer. C'était un élément
à ses pensées mouvantes. Puis l'horreur de
la nuit la saisissant, elle crut voir les tom-
bes s'ouvrir, tandis qu'au fond de l'allée
elle apercevait distinctement le fossoyeur
creuser, avec le mouvement désespérément

régulier de sa bêche, sa propre fosse à elle.
Elle ferma les yeux.

Quand elle les rouvrit, un homme qu'elle
n'avait pas entendu venir était devant elle.
C'était Paul. Il passait là, revenant d'une
réunion d'amis. Il ne pouvait pas ne pas
avoir compris. Sa présence d'esprit, à elle,
lui revint tout à coup.

— D'où viens-tu ? lui demandait Paul.

Il était grave et sérieux. Évidemment il
savait tout. Elle répondit, voulant essayer
de nier, s'il en était besoin.

— Eh ! qu'est-ce que cela te fait?

Mais lui, lui tenant les deux mains qu'il
tordait, et les dents serrées, à voix basse :

— Et si je te tuais, misérable?

— Ah ! laisse-moi, dit Madeleine, tu me
fais mal.

Elle réfléchissait que la nuit était sombre,
que nul ne passait, qu'elle n'aurait peut-être
pas le temps d'appeler. Paul songeait aussi.
A quoi? Elle attendait. Il reprit, après un
silence plein d'anxiétés.

— Donne-moi le bras ; il ne faut pas que
ton mari se doute de quelque chose.

XII

Le lendemain soir, Philippe dit à Madeleine :

— D'où veniez-vous donc, hier? vous êtes rentrée tard, et vos vêtements étaient mouillés.

Ce fut Paul qui répondit :

— Nous étions allés promener et la pluie nous a surpris, et, à ce propos, mon cher Philippe, ajouta-t-il, êtes-vous toujours dans l'intention de me continuer la rente de douze cents francs que vous me faites?

— Mais, certainement, dit Philippe. Pourquoi?

— Parce que si vous voulez la consacrer à payer mes dettes, et cela fait, la reporter sur la tête de Valentine, vous me ferez plaisir. Pour moi, je n'en ai plus besoin. Depuis ce matin, je suis engagé dans les spahis, et je pars dans une heure.

Madeleine eut un soupir de soulagement.

— Ah, tu pars? dit-elle.

Philippe s'était levé :

— C'est bien, cela! Paul, dit-il. Embrasse-moi, j'accepte.

Et, le tenant embrassé :

— Va! mon ami, mon enfant! sois honnête, sois loyal et sois brave! nos cœurs te suivent.

XIII

— Heu! heu! disait Nanon dans son coin, en mettant un peu d'ordre dans la chambre, si monsieur pense se faire aimer de mademoiselle en la taquinant toujours?

— Tu crois ça, toi, Nanon? dit Philippe.

— Oui, monsieur, je le crois; n'est-ce pas facile à voir qu'elle aime M. Georges?

Valentine, toute rougissante, suppliait.

— Nanon! je t'en prie.

— Eh bien, après? dit Nanon, c'est tout naturel. Ah, si vous aviez vu monsieur avant son mariage! c'est lui qu'il n'aurait pas fallu vexer.

— J'ai si mauvais caractère, Nanon,
disait Philippe.

— Non ! dit Nanon, ce n'est pas ça, vous
êtes trop bon. Mais, dame ! les amoureux !

Et s'arrêtant brusquement dans le travail qu'elle faisait :

— C'est-y vrai, monsieur, continua-t-elle,
que chez les Turcs, qui ne sont pas des
chrétiens, bien sûr, on asseoit les voleurs
sur des piquets pointus ?

— Oui, dit Philippe, on les empale.

— Ça doit bien les faire *bouger ?* demanda
Nanon.

Bouger, dans le pays, veut dire s'agiter.
Philippe se mit à rire.

— Oh ! pour *bouger*, ils *bougent*, je te le
garantis !

— Eh bien, monsieur, répondit Nanon,
toute enorgueillie d'avoir rencontré juste
dans la démonstration qu'elle voulait faire,
les amoureux, c'est comme ça ; rien ne
peut les tenir en place.

Ils étaient dans la chambre de Madeleine,
qui s'était alitée, aussitôt après le départ
de son frère et cachait dans la profondeur

de l'alcôve la pâleur effrayante de son visage et la dévastation de son cœur. De sa longue et douloureuse station sous la pluie, dans la nuit, elle avait rapporté une fluxion de poitrine qui la tint couchée tout un mois. On la veillait.

Le dévouement aux malades est presque le dévouement de tout le monde. On est naturellement porté à soulager qui souffre. Mais Philippe y appuyait cette sérénité grave, qui dominait dans sa vie. Il était de ceux dont Shelley a dit qu'ils ont aimé une Antigone dans une existence antérieure : c'est-à-dire, d'après les commentateurs, qu'ils ont compris la plus haute expression de l'amour héroïque et conscient. Mais l'héroïsme des temps épiques n'est pas celui des temps modernes. Celui de Philippe se composait d'une patience raisonnée, d'une bonté juste. Sa bienveillance même était sévère. Elle comprenait le châtiment, seulement quand le pardon devenait impossible. Pour le moment, il ne s'agissait ni de l'un ni de l'autre, mais de soins à donner.

On veillait donc Madeleine, à tour de

rôle: tantôt Philippe, tantôt Nanon. Dans
les premiers temps, la malade avait eu le
délire: un délire où revenaient les impres-
sion prédominantes de sa soirée chez Lambezat, des souvenirs anciens, des histoires
de pension, de rêves, de revenants, des
bribes de contes lugubres, et où elle répétait cette phrase entendue: « On l'a et on
ne l'a pas. » Nanon se disait alors, en
grognonnant à demi-voix : « On l'a et on
ne l'a pas, je paye et je ne paye pas, je mange et je ne mange pas, tout ça, c'est du
marchand de fumiers. » Pour elle, fumiers,
engrais, c'était la même chose. Mais n'ayant,
pas plus que Philippe, la clef de l'énigme,
elle ne se doutait de rien. L'ancienne intimité de Lambezat avec la famille était plus
que suffisante pour expliquer ces retours de
la pensée de Madeleine.

Maintenant elle pouvait passer pour sau-
vée. On causait dans sa chambre quoique
à voix basse. Valentine y venait travailler.

— Avouez, lui dit Philippe en riant, que
vous seriez bien étonnée, si Georges ne
vous écrivait pas aujourd'hui?

— Mais, non! dit Valentine. Ne pourrait-il avoir été empêché?

Nanon murmurait:

— Heu! et allez donc! Il ne peut pas la laisser tranquille!

— C'est encore toi, Nanon? dit Philippe.

La servante s'était plantée les poings sur les hanches.

— Oui! c'est moi! après! Quand vous l'aurez turlupinée, cette jeunesse! le beau gras de jambe que ça vous fera? Elle aime M. Georges, et elle fait bien : c'est un beau garçon, et qui donne la pièce aux domestiques. Faut pas dire, mais il y a comme ça un tas de grigous qui viennent nous manger le lard dans la main. Enfin, suffit. C'est pas vous qu'on épouse! Vous feriez mieux de veiller à vos affaires et d'aller voir au grenier si vous aurez assez d'avoine pour vos chevaux, au lieu de tourmenter mademoiselle.

— Mais il ne me tourmente pas, Nanon, dit Valentine, au contraire!

Nanon surprise, s'arrêta, et, après un moment de réflexion:

— Peut-être bien , dit-elle, peut-être bien
que c'est au contraire tout de même.
Pourvu qu'on leur parle de leurs amoureux,
ça leur fait toujours plaisir.

Les jeunes gens s'écrivaient en effet en
attendant le mariage qui devait avoir lieu
dans un an. Aux pattes de mouches mo-
queuses et fines de Valentine, à ses bavar-
dages sans conséquence, à ses médisances
sans méchanceté, Georges répondait par
des lettres plus fermes et plus graves, où
l'on sentait quelque chose de l'autorité
profondément aimante de l'époux. Leurs
lettres passaient sous les yeux de Philippe,
tuteur de Valentine, et cela le rendait heureux. Georges y parlait de ses projets d'avenir, *d'une situation nouvelle, sans dire laquelle, se réservant de s'en ouvrir à Philippe
quand il serait temps.* (Cela était souligné
dans sa lettre.) Il tenait surtout à se rap-
procher de sa mère, veuve d'un officier de
marine, et que Georges aimait de toute son
âme. Celle-ci était enchantée et donnait son
consentement des deux mains. Elle n'habi-
terait pas avec eux. Les vieilles gens sont

toujours gênants pour les jeunes ménages toujours pleins d'expansions. On sait ce que parler veut dire.

Cet échange, par lettres, de desirs, de projets et d'espérances était pur, naïf et frais. Sous la réalité des débats matériels se dessinait une affection chaste, atténuée par les mots, comme sous un voile commun une beauté grecque. Celle de Valentine, très-vraie, toute remplie du rayonnement extérieur de ses dix-huit ans, avait gagné à ce changement de l'âme, et s'était, pour ainsi dire, suaviflée. Ses lèvres avaient pris l'habitude de ce fin sourire qui relève, avec tant de douceur, d'une paix intérieure profonde et d'une béatitude sereine que rien ne peut inquiéter. On voit de ces sourires-là à certaines madones de peintres italiens. Elle se sentait vivre heureuse et plus légère. Son bonheur la pénétrait, l'entourait, l'enveloppait, rayonnant autour d'elle par les yeux, par le rire, par le geste. Quoique les premières lettres de Georges l'eussent un peu surprise par la préoccupation qu'elles montraient, chez lui, pour l'aménagement

3[**]

de leur vie commune, elle s'y était faite,
ayant vite compris que l'existence est pleine
de ces choses qu'on ne rencontre pas dans
les romans. Elle avait en Georges la
foi du charbonnier. S'étant engagée, elle
était prête à tenir sa promesse comme elle
savait qu'il tiendrait la sienne. Sa certitude
à ce sujet était inébranlable et son attente
du jour promis sans impatience. L'heure
fatale, dans le sens grammatical du mot,
marquée par leurs volontés mutuelles plus
énergiques que le destin, ne pouvait pas ne
pas sonner. A quoi bon se presser? Ceux-là
seuls qui doutent, hâtent les dénouements.

Sa conscience se trouvait à l'aise, car elle
n'avait eu, vis-à-vis de Georges, aucune de
ces coquetteries féminines qui troublent
l'homme et amoindrissent la femme. La
rouerie calculée des coquettes, leurs savantes passes d'amour, les demi-regards, les
demi-sourires, leurs effrois stratégiques, les
œillades alléchantes, les aveux voilés, dimi-
nués par les réticences n'étaient point le fait
de cet enfant qui n'avait rien des Agnès de
comédie. Quand Georges, après en avoir

loyalement conféré avec Philippe et Madeleine, était venu lui demander si elle se
sentait capable d'avoir quelque affection
pour lui, elle lui répondit : « je vous aime, »
tout simplement, comme elle le lui eut dit,
dès le premier jour, au milieu des majestés
grondantes de la nature, s'il le lui eut
demandé. Pour elle, le coup de foudre
avait existé. Elle n'avait rien du bégueu-
lisme agaçant des fillettes grandes personnes, qui disent : je ne sais pas, je consulte-
rai maman, et qui, le soir, dans leur
chambre toute blanche des pâleurs de la lune,
écrivent, avec des pensées lamartiniennes et
une orthographe irréprochable, le journal
de leur vie. Non ! Elle était prise, suivant
une expression vulgaire, et bien prise, et
ne l'avait pas caché, sentant bien qu'il y
avait là autre chose qu'une fantaisie éphé-
mère, née avec les bals d'hiver pour tomber
avec les feuilles qui tombent. Philippe, qui
connaissait Valentine, Georges, qui l'avait
devinée, ne l'en aimaient que mieux, le
premier comme un père, le second comme
un fiancé.

XIV

Dès qu'elle se sentit un peu mieux, Madeleine ne voulut plus être veillée, et il
fallut obéir à son desir nettement formulé,
quoique aux prostrations de la première
heure eussent succédé des phénomènes
nerveux redoutables. Le médecin Blanchemain, qui ne voyait que ce que la malade
avouait, n'y comprenait que ce qu'il pouvait : c'est-à-dire pas grand'chose. C'étaient
des cri es aiguës, des cris et des larmes,
des pâmoisons sans motifs, des peurs noc-
turnes qu'elle cachait avec soin, et, pendant
lesquelles, elle se tenait sur son lit, la main
crispée sur son cœur pour l'empêcher de battre, l'oreille tendue, l'œil démesurément

3···

ouvert, regardant l'ombre des meubles danser leur sarabande sur le parquet, aux trem-
blotements de la veilleuse. Puis, elle tombait dans des accalmies et restait immobile,
songeuse, pendant des heures, bercée par
des rêves enchantés, suivant d'un regard
morne, sans pensée, les dessins des rideaux
de mousseline qui se détachaient nettement
sur le plafond. D'autres fois, elle avait des
retours pieux, des commencements d'appel
désespérés vers Dieu, qu'elle adorait tout
oas, avec des prières toutes faites, qui ne lui
disaient rien. Cette âme, sans écho religieux désormais, s'en étonnait et la bouche
recommençait dix fois, vingt fois, la même
formule, espérant rencontrer, à un moment
donné, dans ce rabâchage de paroles sacrées,
l'étincelle divine qui devait enflammer son
cœur, et qui, elle ne savait pourquoi, l'effrayait d'avance. Le foyer, hélas, était éteint
et la lyre ne résonnait plus sous les doigts
du divin maître. Elle se mettait en con-
templation devant son image d'ivoire sus-
pendue au mur, et l'image restait muette.
Ce n'était pas le Dieu qu'elle voyait, mais

l'homme, l'homme presque nu ! Elle avait
beau s'en défendre comme d'un sacrilége,
comme d'un crime dépassant tous les crimes, cela était. La vue de ce corps admirable avec ses muscles contractés, ses chairs
saignantes, ses nerfs tendus par une
suprême douleur, et sa tête baissée sur le
monde, pour lui donner jusqu'à son dernier soupir, lui faisait monter aux lèvres
un indéfinissable sourire.

Non qu'elle regrettât sa chute. En regardant de plus près en elle-même, Madeleine
ne se sentait pas trop mécontente de son
expérience. Ce qui l'avait frappée au cœur,
c'était l'insuccès de sa demande et le désen-
chantement d'un adultère sans poésie. Son
imagination lui avait montré un amour
idéalisé, s'ébattant dans un intérieur
ouaté, plein de parfums et de chatteries
caressantes. Elle avait rêvé des bras autour du cou, des baisers à en perdre l'âme,
d'être entraînée, captivée, d'oublier le
monde entier dans l'enivrement des paroxysmes, avec des formes élégantes, des
phrases dix-huitième siècle, quelque chose

comme une saturnale en jabot de dentelle
et en bas de soie, une Phryné avec des
paniers, les énervements du plaisir avec
des politesses de cour. La question d'argent
que Madeleine avait été contrainte d'aborder
n'importait plus. Maintenant elle y donnait
une médiocre attention. Loin de ses rêves,
bien loin, en effet, ce qu'elle avait pris pour
de l'amour, et qui n'était que le besoin de
s'amuser s'était fondu dans la trivialité
des choses et la brutalité du fait. Le gros
Lambezat n'avait rien d'un Richelieu, ni la
poudre, ni le costume, ni l'esprit raffiné,
ni la politesse un peu précieuse, ni la délicatesse exquise, ni, surtout, l'intelligence
de la femme. Il ignorait que celle-ci est
faite toute de surfaces, et qu'on ne peut
arriver à son cœur qu'à la façon des magné-
tiseurs : par les affleurements extérieurs
de la parole subtile qui caresse et endort.
Son cerveau était trop épais, son diction-
naire trop restreint, il avait trop de tempérament, et son invention était nulle. Il ne
savait pas rencontrer, au coin d'une idée
et au détour d'une phrase, le mot charmant

qui fait sourire la maîtresse. De tout cela,
Madeleine s'était aperçu trop tard, et, pouvant se donner, s'était laissée prendre, ce
qui n'est pas la même chose. Quant à se
soucier qu'elle avait trompé et son mari,
et Mme Lambezat, sa meilleure amie, elle ne
s'en souciait guère, persuadée qu'elle était,
mais à tort, que celle-ci lui en ferait autant,
si elle pouvait, et qu'en ces sortes d'affaires
il vaut mieux porter les premiers coups
que de les rendre.

Si elle eut voulu rompre avec la famille
Lambezat, elle ne l'eut pas pu. Ces relations de tous les jours, visites faites ou
reçues, habitudes contractées, amitié apparente, ne se détruisent pas impunément. Il
aurait fallu se lancer dans l'enchevêtre-
ment dangereux des explications inventées.
Madeleine ne se sentait pas encore assez
forte pour cela, et, en outre, elle craignait
les ragots. Aussi, quand Lambezat vint,
avec sa femme, faire cette visite qu'on doit
à toute personne malade, du moment qu'elle
reçoit, Madeleine se fit-elle un malin plaisir d'être presque aimable pour lui, non

sans montrer la griffe de la chatte.
Elle eut l'air de s'intéresser à son commerce, lui demanda s'il était content de
son année et s'il avait mis de l'argent de
côté. Avec une économie bien entendue on
arrondit la dot des enfants. Lambezat, tout
penaud, l'oreille basse, disait : « Bah ! on
arrondit et on n'arrondit pas. » D'autant
plus, continuait Madeleine, qu'il était un
homme sage, mûr pour le travail et ne jetait
point ses louis dans les poches de ses
voisins. Sa femme, Claire, devait être bien
heureuse : « Ah ! ma chère, ajoutait-elle,
ce n'est pas votre mari qui se ruinerait
pour les femmes ! Vous pouvez bien être
tranquille ! » Lambezat, abasourdi d'abord
se remit vite et répondit de même ; il
était sage et pas sage, mûr et pas mûr,
il jetait ses louis et ne le jetait pas. Les
coups portaient des deux côtés. Mais le
désavantage était pour Lambezat, qui se
sentait s'encolérer. Il se leva. Claire, étonnée, les regardait tous les deux, surprise
de cette attitude belligérante qu'elle ne leur
avait jamais vue et pressentant avec sa divi-

nation de femme, quelque chose là-dessous.

Lambezat ne fut pas le seul qui vint voir Madeleine ; le médecin avait amené ses deux filles et le pharmacien Pas-de-chance, ainsi que sa femme, lui sacrifiaient quelques heures. Pas-de-chance arrivait toujours avec une collection d'à peu près invraisemblables, et disait, par exemple, qu'il fallait avoir, pour les malades, la souplesse d'un boa qui en sort : lisez : qui sort d'un bois : ou bien encore : « Madame Erveu nue d'un grand danger, » pour : Madame est revenue d'un grand danger. J'arrête les citations. Ces cocasseries vulgaires, soulignées encore par le nasillardement du pharmacien exaspéraient Madeleine, qui faisait des efforts pour être gaie et affectueuse, quoique son front se voilât, à certaines échappées de la conversation d'un nuage rapide. C'était surtout quand on parlait de la Ville, où habitait Georges Hériart, le fiancé de Valentine. Le bonheur de celle-ci, révélé par deux beaux yeux noirs, tout grands ouverts, dans leur innocence, sur les arcanes de la vie, offusquait

Madeleine. Un sentiment de jalousie aussitôt réprimé la mordait. Elle se sentait inférieure à cette naïveté et à ces candeurs, qui la blessaient et qu'elle trouvait bêtes. De là, des sévérités inexpliquées, des paroles dures, des renvois et des brusqueries sans motif, dont elle-même ne se rendait pas un compte exact. Ses excuses ne parvenaient pas toujours à en atténuer la cruauté. Toutefois, il y avait une nuance; ce n'était pas la jeune fille qu'elle jalousait, mais son bonheur. Elle trouvait injuste que les autres ne souffrissent pas, et les petits soins, les bienveillances de tous les instants, les cajoleries douces dont elle était l'objet n'agissaient que médiocrement sur sa blessure mal cicatrisée.

XV

Montaigne raconte, au commencement du deuxième livre de ses Essais, qu'une femme veuve se trouvant enceinte, sans trop connaître l'origine de sa grossesse, pria son curé de la recommander au prône, en adjurant le coupable de se nommer, qu'elle lui pardonnait et l'épouserait au besoin. Ce moyen, qui paraîtrait dur aujourd'hui à bien des veuves, eut alors son plein effet. Un domestique de ferme s'accusa du forfait, tout en proclamant l'innocence de sa maîtresse. Il était jeune ; elle était endormie et ne se réveilla pas, ayant par trop abusé du jus divin de la treille. Il faut ajouter, pour la moralité de

4

la chose, qu'un bon mariage suivit cette
expérience aussi préliminaire que con-
cluante.

Madeleine n'avait pas envie, comme la
veuve de Montaigne, de se faire recommander au prône, et il lui manquait la liberté
de se marier. Libre d'ailleurs, elle n'eut
jamais, au grand jamais, voulu de Lambezat pour époux. On prend souvent des
amants qu'on refuserait énergiquement
comme maris, et elle ne pardonnait guère,
quoiqu'elle parût le faire cependant.

Ils se revirent donc, avec mystère, bien
entendu. Lambezat avait tourmenté Madeleine par la monotonie de ses reproches
et l'impétueux de ses souvenirs. Elle se
laissa aller par lassitude, par dégoût de
toutes choses, par l'ennui de la résistance
et eut des habitudes, des heures réglées,
des jours fixés où elle allait chez lui. Claire
servait de prétexte, et il se trouvait souvent
qu'elle était dehors par hasard. Dans ce cas,
Madeleine ne restait que quelques minutes.
Pour être plus libre, elle lia avec madame
Lambezat un commerce d'amitié suivi.

L'une ne pouvait se passer de l'autre.
Ce qui l'entraînait aussi, c'était une sorte
de besoin de mouvement, de risques et
d'émotions. Les premières fois, elle sortait de
ces expéditions presque hebdomadaires
toute brisée, toute pâle, le voile sur la
figure. Elle n'avait plus, pour s'excuser,
ni la colère, ni la nuit, ni la curiosité poi-
gnante d'une prime expérience, ni l'esprit
de vengeance contre Philippe. Maintenant
elle se donnait froidement, passivement,
fermant les yeux et songeant à un homme
qu'elle aurait aimé et dont l'image était
depuis longtemps dans son cerveau.

Il y avait indépendance entre le corps et
l'esprit. Ils ne se commandaient pas et
tandis que l'un se reposait, l'autre travaillait sans cesse. Madeleine éprouvait une
sensibilité cérébrale presque douloureuse,
et ce mystérieux inconnu par elle attendu
avait pris avec le temps, dans son imagination, une forme palpable. Son portrait
idéal résumait tout ce qu'elle avait lu : il
était brun, parce qu'elle était blonde, grand
parce qu'un homme ne saurait être petit

sans être ridicule, nerveux, souple, habile
à l'épée et aux exercices du corps, railleur
et convaincu, spirituel et amoureux, parlant bien, et maniant avec supériorité la
langue de l'amour faite de si douces bana-
lités. Lorsque, doucement renversée sur
son fauteuil, elle fermait les yeux, c'était
lui qui lui murmurait à l'oreille l'hymne
éternelle du cœur. Cette sorte d'audition
intime avait quelque chose de particulièrement réel. Le mot rêvé laissait une impres-
sion égale à celle du mot dit ou écrit. Elle
l'écoutait en souriant, et l'appelait quand
son image ne venait pas assez vite la bercer et
l'endormir dans le balancement amoureux
de ses paroles.

Ces langueurs ne lui suffirent bientôt
plus. En somme, Lambezat l'ennuyait. Pour
s'en distraire, et ne pouvant l'éviter, elle
voulut, tout au moins, espacer, limiter les
tête-à-tête. Si elle eut cru le marchand
d'engrais, celui-ci serait resté des jours
entiers à ses pieds, langoureux, ena-
mouré, affolé d'elle complétement, n'ayant
sa raison, ni son cœur à lui. Madeleine en

jouait, le faisait aller, venir, tourner sur
un signe, le désespérait ou le ragaillardis-
sait par un regard ou un mot, guetté de
loin, sans en avoir l'air. Faites cela, lui
disait-elle, et il le faisait, sans souci ni du
monde, ni de sa femme dont les soupçons
commençaient à s'éveiller. Quand il avait
été bien sage elle le récompensait par un
sourire, par un bout de jambe montré avec
art, ou en lui pressant le pied, du sien, sous
une table, pendant quelques secondes. Ce
jeu n'avait plus de secrets pour elle. Pour
éloigner les soupçons de Claire, elle affecta
de ne plus rencontrer Lambezat qu'en
public, tout en lui accordant quelques visites de temps en temps, et de plus en plus
rares. Un besoin de s'amuser, qui la prenait, lui fit imaginer des soirées, où l'on
faisait de la musique et où on dansait quelquefois. Il y avait de la bière et du tabac
pour les hommes, au grand désespoir de
Lambezat, qui boudait dans un coin. Cela
l'éloignait. Il ne pouvait se refuser de fumer
avec les autres. Ces petites fêtes très-gaies
se donnaient tantôt chez Madeleine, tantôt

chez Claire, et duraient jusqu'à une heure
assez avancée de la nuit. Philippe ne voyant
que le travail extérieur de l'esprit de sa
femme était enchanté des distractions
qu'elle se donnait.

Un soir, le pharmacien avait apporté son
inévitable clarinette. Madeleine voulut
danser une bourrée avec Lambezat, qui
accepta. L'instrument dont Pas-de-chance
jouait, presque autant du nez que des lèvres,
se prêtait avec ses tons criards et enrhumés
à l'allure vive et rustique de la danse limousine et c'était le succès du pharmacien. Ils
commencèrent. Placé au milieu du salon,
Lambezat abaissait ou levait, suivant le
rhythme, ses bras comme un danseur de
corde peu sûr de son aplomb. Son attitude
expliquait l'attente d'une fée insaisissable,
qui, relevant ses jupes à la manière des
paysannes et des révérences du siècle passé,
tournait, fuyait, revenait, rieuse, agaçante,
coquette et marquant, par la trépidation
répétée de ses pieds sur le parquet, la mesure
rapide de la bourrée.

Cela était classique, la suite continua de

l'être. Lambezat s'ébranla à son tour, non
tout d'un coup. Il procéda par un balancement
mesuré du corps sur les hanches, comme
un pesant navire près d'obéir au vent.
Puis, pendant que ses pieds battaient, eux
aussi, leur étourdissante mesure, il se prit
à tourner lentement autour de Madeleine,
formant alors le centre de la spirale décrite
par Lambezat. Il allait avec une certaine cir-
conspection, pressant peu à peu le mouvement, pour ne pas effrayer la bergère que ce
nouveau berger recherchait, et qui semblait
défier ses efforts. Puis, au moment qu'il
croyait la saisir, elle s'échappa, alerte
comme une biche, poursuivie par lui, le
fuyant encore, trompant ses désirs, jusqu'à
ce qu'épuisée à la fin, elle tomba dans les
bras de Lambezat, qui l'embrassa.

A ce dernier acte de la comédie, qui n'é-
tait pas dans le programme, Claire s'était
levée.

Une autre fois, à la campagne, chez
Lambezat, Madeleine avait prétexté de la
fatigue et était restée à la ferme. Lambezat prétendait devoir surveiller des travaux

l'intérieur. Claire, passant près de l'étang,
à la recherche d'une couvée de canards
vagabonde aperçut comme un groupe assis
sur la jetée, au pied d'un tremble. Elle ne
voyait pas le groupe même, mais sa réflexion
dans l'eau dormante, avec des détails
accusés nettement. Etonnée de voir quelqu'un en cet endroit, elle s'approcha un
peu et reconnut son mari, serré contre
Madeleine, et lui tenant en parlant les deux
mains dans les siennes. Claire, illuminée
tout à coup, se retira, muette et chance-
lante, et gardant pour elle son horrible
blessure.

XVI

Claire était la seule qui eût surpris ce secret, et le souvenir de ses premiers étonnements faisait courir de légères rougeurs sous sa peau transparente. Essentiellement honnête, elle ne pouvait croire encore ni à la trahison de son mari, ni à celle de Madeleine. Essentiellement chaste, elle se refusait à penser qu'une femme de son monde fût autre chose qu'une honnête femme. Elle se tut et attendit, gardant cependant un œil ouvert sur les événements qui se déroulaient autour d'elle. Interroger son mari eût été ridicule et maladroit : s'il aimait l'autre, il ne l'aurait ni comprise, ni écoutée. Se confier à quelqu'un, c'était

4°

montrer qu'elle pouvait n'être plus aimée
et provoquer des indiscrétions d'où nais-
sent les dénouements. Quant à rompre
avec Madeleine, elle le voulait encore moins,
car c'eût été déclarer qu'elle savait quelque chose, et son esprit reculait encore,
malgré tout, devant l'évidence accablante
des faits.

Autre chose encore arrêtait, suspendait
la certitude de ses convictions. La réputation de Madeleine était inattaquée. Cette
surveillance continue, babillarde, jalouse
des petites villes n'avait, jusque-là, rien
trouvé à redire à la conduite de Madeleine.
Celle-ci, qui connaissait bien ses conci-
toyens, gardait dans ses regards, dans ses
paroles, dans ses gestes, dans son attitude
toute entière une modestie réservée, devant
laquelle les médisances se taisaient. De plus,
elle était membre de la *Société Maternelle*,
et d'une association toute locale pour l'en-
tretien des ornements sacerdotaux; et n'avait
jamais voulu en accepter la présidence. Ce
peu de prétentions lui avait gagné bien des
cœurs, excepté celui des demoiselles Cour-

tenbois, vieilles filles enrubannées comme des châsses, vierges comme toutes celles de Cologne, et que nous retrouverons plus tard.

Ses toilettes, il est vrai, venaient de la ville. La bonne faiseuse les lui taillait, à une dernière mode qui était presque la dernière mode de Paris. Mais elles étaient simples, toujours sombres, et dépourvues de ces ornements voyants et tirant l'œil qui fait qu'on plaint les maris et qu'on désire leur femmes. Son grand luxe, un luxe qu'on ne voyait pas, était pour la toilette de dessous. L'eût-on connu, cela s'expliquait par son désir de plaire à Philippe. Comme elle était pieuse à l'église, digne chez elle, on l'en félicitait. Elle poussait même la prudence jusqu'à la pruderie, la vertu apparente jusqu'au béguculisme, ne valsait pas, ne mazurkait pas, ne polkait pas, et, dans le galop des quadrilles, ne s'abandonnait jamais à son danseur, qu'elle maintenait au loin et ne semblait toucher qu'avec répugnance. Molière l'eut trouvée bien sensible à la tentation, mais les gens de St-J... qui

sont d'excellents juges d'instruction sociaux
sont de médiocres Molière. Sa cour d'a-
dorateurs avait excité tout d'abord la jalousie des femmes qui n'ont jamais été ado-
rées ; mais elle lui devint, avec le temps, un
titre de plus à l'estime. Les hommes lui savaient gré de ne pas faire de préférences : les
femmes de ce qu'elle se moquait des hommes. On n'avait rien découvert dans sa
vie ; l'opinion était pour elle. Les assiduités de Lambezat étaient expliquées par sa
liaison avec Claire, et, chose bizarre, et qui
est pourtant bien de la nature humaine,
Lambezat n'hésitait pas à la proclamer,
tout haut et avec conviction, la plus honnête des femmes qu'il eût jamais con-
nues.

Les réunions se continuaient tout l'hiver,
et, heureusement pour Valentine, Georges
Hériart y venait quelquefois et de plus en
plus souvent. Il avait avec Philippe des
entretiens mystérieux, très-longs, où Lambezat était admis. Georges apportait des
plans, des devis, des projets : on entendait
revenir des mots spéciaux, d'usine à sucre

de betteraves, de scierie mécanique, de
tannerie, des noms de machines, comme
la machine de Watt, et des discussions
sur les forces motrices, sur l'emploi des
turbines, et la longueur à donner aux
arbres de couche, par exemple. Cela reten-
tissait comme le bruit régulier des méca-
nismes futurs. Valentine n'écoutait pas,
ayant confiance en Georges et se doutant
bien qu'il travaillait en vue d'elle. Madeleine
et Claire, de leur côté, auraient bien voulu
savoir, car ni l'une ni l'autre pour sa part
et dans des buts différents, ne se souciait
de voir augmenter l'intimité existant entre
Philippe et Lambezat.

Quant au pharmacien, on ne l'avait pas
admis dans le secret de ces espérances, son
concours paraissant inutile. Mais cette
exclusion l'offensait, ainsi que sa femme.
Il disait que ce n'était pas la peine d'avoir
des amitiés de vingt ans pour qu'on vous
fît des cachotteries. Madame Jappeloup lui
montait la tête.

Dans ce petit groupe, les étrangers
étaient admis, mais on ne les cherchait pas.

On craignait qu'ils n'apportassent trop de cérémonie dans le cénacle.

Une exception était faite cependant en faveur de M. Cyprien de Puygirard, dont la famille appartenait au pays. Son père, Adolphe de Puygirard était célèbre par la philosophie heureuse avec laquelle il avait accepté ses nombreuses infortunes conjugales. Il avait improvisé, un jour de noces largement nocé, un refrain qu'il répétait toujours depuis : le voici :

> Si tous les c....
> Portaient la cocarde
> Le père Puygirard
> Porterait la plus large.

La musique n'en était pas plus riche que la rime, mais cela suffisait à son bonheur, tellement il est vrai que le bonheur se contente souvent de peu, comme Jenny l'ouvrière. Pourtant cette philosophie ne durait

pas toujours. Elle avait des intermittences,
pendant lesquelles le père Puygirard prenait son fusil et se mettait à la recherche
de sa femme, disant qu'il voulait tuer la
gueuse pour ses méfaits. Celle-ci se cachait.
Un jour, elle ne se cacha pas si bien qu'il
ne la vit dans un têt à porcs. Un domestique lui tenait compagnie, probablement
pour l'empêcher d'avoir peur, et la conversation paraissait des plus intéressantes. Le
père Puygirard, saisi d'une fureur subite,
tira sur le groupe. Le domestique roula, la
femme tomba évanouie, le mari crut les
avoir tués et s'alla jeter à l'eau; le malheur
est qu'il n'avait tué personne et s'était fort
réellement noyé, ce qui laissa le jeune
Cyprien orphelin sous la tutelle de sa mère
et la subrogé-tutelle d'un frère de son père,
M. Honoré-Pygmalion de Puygirard.

L'oncle Pygmalion était veuf, avant la
lettre. Il avait failli se marier. Mais le jour
de son mariage, au moment de passer le
Pruth matrimonial et de partir pour la
mairie, ayant remarqué que sa femme était
trop bien mise, et la sœur de sa femme

habillée avec beaucoup de simplicité, il avait
voulu les faire substituer l'une à l'autre.
C'était un homme qui entendait l'économie.
Naturellement on s'y refusa; « tout fut rompu, mon gendre! » et Pygmalion serra ses
gants blancs pour une meilleure occasion.
Chez lui, l'épouse fut remplacée par une
bonne, qui portait des jupons de dentelle et
dont le travail paraissait une sinécure. Pygmalion, qui était avare, était puni par où il
avait péché : n'ayant pas voulu de la femme,
il eut la femelle. Mais son avarice se rat-
trapait d'un autre côté. Quand il mangeait
chez lui, il se servait, de peur de casser la
vaisselle qu'il aurait eue, d'une planchette
en bois blanc, comme assiette. Après le
repas, et quel repas! on lavait la planchette
à la rivière, on la faisait sécher au soleil et
tout était dit. Les jours de marché, il ne
déjeunait pas chez lui. Voici comme : un
morceau de pain à la main, il faisait la
revue de toutes les écaillères, goûtant, en
les marchandant, à leurs moules, à leurs
coquillages, à leurs huîtres; et mangeant
son pain à mesure. Arrivé au bout il se

trouvait repu et jugeait inutile de rien acheter. Il jouait du fifre et l'emportait au café,
où il allait, mais sans jamais rien y prendre
que ce qu'on lui offrait. Un air de son fifre
payait cela : « Ah ! vous dirai-je, maman ! »
pour un petit verre, et « Au clair de la
lune », pour un bock. Il avait un tarif. Ce
fifre était sa passion, comme la clarinette,
celle du pharmacien. Une fois qu'il avait
un procès, il accompagna, en les précédant
et en jouant des ariettes jusqu'à l'église,
la femme et la fille du président, qui, rouges
comme plusieurs coqs, ne savaient à quel
saint se vouer. Il fut raconter son escapade
au juge de paix, en lui demandant s'il ne
ferait pas bien de conduire de même son
procureur à l'audience. Le juge de paix
l'envoya promener. La bonne prenait de
l'ascendant sur lui, et il parlait de l'épouser,
quand, malheureusement pour elle et heureusement pour Cyprien, une attaque subite
enleva Pygmalion intestat.

Le père et l'oncle de Cyprien de Puygirard avaient habité le chef-lieu d'arrondissement. Il habita la campagne. Il avait fait

son droit à Paris et était une sorte d'autorité
dans le pays : quelque chose entre le conseiller général et le garde champêtre. Le
Quatre-Septembre, qui manquait d'hommes
et qui en voulait à toute force, l'alla réqui-
sitionner dans sa propriété de Puygirard,
et le nomma sous-préfet dans le midi. Pipe-
en-bois, qu'il avait beaucoup connu, s'était
souvenu de lui. C'est à cette protection in-
terbokale et à celle de quelques demoiselles
de Bullier parvenues à une haute situation,
que le jeune Cyprien dut sa rapide exalta-
tion. Il partit de suite. Sa sous-préfecture
l'attendait avec impatience et réciproque-
ment. Il arriva ému, très-ému. Quand sa
femme, car il était encore marié à cette
époque, lui demanda s'il s'entendrait à son
nouveau métier, il répondit avec désinvol-
ture : avec ça que c'est difficile d'être sous-
préfet, mais il s'aperçut bien vite que ce
poste, irresponsable mais élevé, avait quelques déboires. Les chemins vicinaux étaient
pour lui pleins de mystères, et il ne sut
pas toujours s'entendre avec ses adminis-
trés. A cette heureuse époque on fumait

la pipe dans les salons de la sous-préfecture.
Cyprien n'eut pas à souffrir que de cela, et
il fallut permettre, sous peine d'encourir les
foudres municipales, que les vaches républicaines passassent par le grand escalier
pour aller paître, dans le jardin, l'herbe
sous-préfectorale.

Un jour qu'il était allé dans une commune voisine inondée par une crue subite,
il voulut en profiter pour faire un discours
patriotique et sentimental. Il le commençait
déjà, monté sur un fût vide, quand une
porte fermée, qui se trouvait derrière lui,
s'ouvrit tout à coup sous la pression trop
forte des eaux. Celles-ci, se précipitant,
entraînèrent barrique et sous-préfet, qui
s'allait certainement noyer, si le brigadier
de gendarmerie ne l'eut respectueusement
cueilli par un endroit par lequel on ne prend
pas généralement les sous-préfets. Heureusement l'honneur et la culotte furent saufs.
Quant à offrir des secours aux inondés, il
n'y songea même pas.

Cette aventure lui donna une certaine
notoriété dans le pays, où les conservateurs

le caricaturèrent, lui et sa barrique, dans
toutes les positions, ce qui le fit enrager.
Pourtant il prit sa situation en homme qui,
comme dit About quelque part, respecte la
fureur des éléments et craint celle de son
ministre. Puygirard invita le brigadier à
dîner. Il lui devait bien cela. Celui-ci,
ravi de tant d'honneur, n'osa pas ôter
ses gants d'ordonnance pour se mettre à
table.

Si Cyprien d'ailleurs n'entendait rien
aux affaires, en revanche, il était bon
enfant, quelque peu blagueur, tapait sur le
ventre aux maires, et voulut en faire autant
à son curé, qui se plaignit de ce procédé peu
convenable. Cyprien trouva le curé sévère
et parla de transformer son presbytère en
ambulance, ce dont il ne fit rien. Son grand
plaisir était de jouer, la nuit, de grosses
farces de fumiste aux cléricaux de l'endroit.
Le lendemain il se faisait apporter les
procès-verbaux, et priait le ministère public
de poursuivre sévèrement.

Tout se découvrit à la fin, et comme il
était devenu impossible, on le nomma com-

missaire des guerres, en même temps
qu'un cabotin, qui s'était fait suivre de sa
compagnie. Je vous laisse à penser s'il
avait emmené sa femme. Pour relever le
moral des soldats, il leur donnait des repré-
sentations républicaines, où l'on chantait la
Marseillaise et le Chant du départ, sans
qu'on partit jamais. Il retouchait les vers
du citoyen Ponsard. Son camp avait une
organisation militaire toute particulière, et,
suivant l'expression des soldats, on y rigo-
lait, quoiqu'on y gelat. Pendant ce temps,
madame de Puygirard mourut à Puygirard.
Il fit célébrer son deuil par la troupe, comme
un deuil national, et parla de la faire en-
terrer civilement. La dépêche arriva trop
tard.

Cette épopée militaire fut brusquement
interrompue, au bout de quelques semaines.
Cyprien fut renvoyé dans ses foyers où
l'avait précédé l'éclat des hauts postes
qu'il avait occupés. Dans ce coin de terre
on ne savait rien de ses fredaines, et l'on
ne connaissait que ses titres, pompeuse-
ment étalés sur ses cartes de visite. A beau

mentir qui vient de loin, dit le proverbe.
Cyprien montra bien, qu'à ce point de vue,
les chemins de fer n'ont pas rapproché les
distances, et qu'il venait du bout du monde.
Il ne se gêna pas pour se dire persécuté, et
intenta un procès en diffamation à un journal qui avait parlé trop légèrement de ses
allures fantaisistes. On ne sut jamais bien
le résultat du procès, et ce lui fut un grand
titre de gloire. La guerre finie, il s'attacha
aux nouveaux ministères, se dit conserva-
teur-républicain, conservateur pour lui et
républicain pour les autres, et pria son curé
de détruire la fameuse dépêche relative
aux obsèques de sa femme. Il s'établit
à Puygirard où il vécut avec sa fille et
vint souvent à la ville et quelquefois à la
messe.

Son parlage bavard et turbulent attira
l'attention de Madeleine, d'autant plus qu'il
ne manquait pas d'un certain esprit bohême.
Il s'en aperçut vite, et de brillant devint
étincelant. Il avait tout un stock de vieilles
idées neuves qu'il mit sur le tapis, et
fit étalage de science littéraire, dont il avait

teinture. Madeleine prit plaisir à causer avec lui, et riait volontiers de cet esprit parisien en superficie. Cyprien sut être poli et se faire deviner. Madeleine ne le repoussa pas. Cela l'encouragea. Il lui écrivit.

XVII

C'était la première lettre d'amour.

Elle la lut, la relut, et, en définitive, la brûla, non sans l'avoir apprise par cœur. La lettre était discrète et disait ce qu'elle voulait dire avec une apparence honnête. Puygirard n'avait pas voulu se compromettre. Pour toute autre que Madeleine, c'était une correspondance aimable et voilà tout. L'ancien sous-préfet de Pipe-en-bois, l'ancien commissaire des guerres de 1870, s'était montré homme du monde dans sa phrase. Celle-ci avait de la poudre de riz et un voile, comme une fiancée qui marche à l'autel Puygirard, d'ailleurs, avait du frottement, surtout depuis qu'il s'appuyait le

4"

dos à la muraille conservatrice. Il en était resté des traces à ses vêtements. Le frottement, c'est beaucoup. Quand un âne frotte un marquis, il garde quelque chose du marquis. Le marquis n'y perd rien et l'âne y gagne. Cela ne veut pas dire que Puygirard fut un âne. Sa lettre prouvait le contraire. Un livre envoyé avait été le prétexte de ce billet, car, au fond, ce n'était qu'un billet ; mais un billet traître, qui semblait demander une réponse, l'exiger, la commander même.

Madeleine ne répondit pas. Une femme ne répond jamais ou le moins qu'elle peut. Seulement la première fois qu'elle rencontra Cyprien chez Lambezat :

— Vous m'avez écrit ? dit-elle. Quelle imprudence ! si mon mari l'avait su ! D'ailleurs, je n'ai pas lu votre billet.

— Ma foi ! ni moi non plus, répliqua Cyprien avec impertinence.

Madeleine se mit à rire. Cyprien imperturbable ajouta.

— Voulez-vous que je vous en écrive un autre ?

— C'est inutile, fit Madeleine.

C'était un soir où l'on dansait, et ils dan-
saient ensemble ; le prélude du piano les
appela pour un quadrille. Quand ils s'arrêtèrent après la première figure elle reprit
très-vite :

— Ecrivez-moi si vous voulez ! vous écri-
vez d'une façon très-drôle : mais ne faites
pas passer vos lettres par la poste ; donnez-
les-moi de la main à la main. Surtout n'en
parlez à personne, à personne, entendez-
vous, pas même à Lambezat.

— Pourquoi Lambezat ?

— Il me fait la cour ; je n'ai jamais voulu
l'entendre et il serait capable de le dire à
mon mari.

— Ou il n'en serait pas capable, disait
Puygirard.

— Vous riez, fit Madeleine, mais c'est
très-sérieux. Il est bien entendu, continua-
t-elle, que vous ne me parlerez pas d'amour
et que je ne répondrai jamais.

— Dansez donc, dit Claire, qui passait
près d'eux, la figure est commencée.

En fait de *figures*, la plus curieuse, sans

contredit, était celle de Lambezat. Ce n'était
pas une figure de contredanse, mais de
circonstance. Ses gros yeux roulaient furieux. Quoique Madeleine lui eut signifié,
une fois pour toutes, que, par excès de prudence, elle ne danserait jamais avec lui,
surtout depuis l'accident final de la bourrée,
il n'eut pas voulu qu'elle dansât avec d'autres. Cet empiétement sur ses droits lui
paraissait chose monstrueuse, et il en voulait à M. de Puygirard de son facile succès
qu'il devinait. Il était même jaloux de Philippe, qui, dans un coin, confiant dans la
vertu de sa femme, dans la loyauté de ses
amis, dans l'embarras que mettent les relations sociales de petite ville aux entreprises
amoureuses, jouait tranquillement son
whist à un sou la fiche. Lambezat, qui
n'avait pas les mêmes raisons de croire à la
vertu de Madeleine, s'épuisait en signes
télégraphiques, en pantomimes mystérieuses, en regards foudroyants, en impatiences
contenues, dont la destinataire semblait ne
pas s'apercevoir. Il se fut certainement rapproché, pour saisir quelques bribes de la

conversation, s'il n'eut été retenu par le bouton de son habit et par le pharmacien, qui lui retournait, sans le savoir, le fer dans la plaie.

Pas-de-chance regardait danser Madeleine et de Puygirard : c'était un couple bien assorti. Comme Cyprien avait l'air respectueux et poli, et quels yeux ! Il n'avait jamais vu d'yeux comme ça qu'à un élève en pharmacie, qui passait toutes ses soirées près de sa femme. C'était une grande distraction pour madame Jappeloup, et un grand soulagement pour lui, qui pouvait aller au café. Oh ! ces jeunes ! ce n'est pas vous, Lambezat ! qui pourriez prendre cet air langoureux. Vous êtes fini, mon vieux ! vidé, cassé, malgré votre air robuste. Et puis, vous êtes marié et vous prenez du ventre. Est-ce qu'un homme marié, et qui a du ventre, doit songer à faire des bêtises ? Pourtant. Mais enfin ! ce n'est pas là comme à table. Quand il n'y en a que pour un, il n'y en a que pour un. Pourquoi n'avez vous pas appris un art libéral ? la flûte, par exemple, ou l'ophicléide ? c'est ça qui console de bien des choses et vous fait remarquer des dames quand on passe dans la Grand' rue. On dirait : Oh ! voilà monsieur Lambezat, celui qui joue de l'ophicléide ! La musique ! il n'y a que ça pour prendre le cœur des belles. Tenez, moi, si j'avais voulu, avec ma clarinette, j'aurais dix fois séduit madame Madeleine. Elle en vaut la peine. Tiens ! je rime à présent. Mais il y a le mari. Ces diables de maris, c'est l'égoïsme en personne : monsieur l'Egoïsme ! Un beau jour, ça vous loge une balle dans la tête et vous n'avez rien à dire. Une balle dans la tête, ça dit le reste. Qu'avez-vous donc à vous remuer comme ça ?

— Au diable ! dit Lambezat, qui lâcha le pharmacien et vint s'asseoir auprès de Madeleine.

— J'ai à vous parler, lui dit-il.

— Et vous n'avez pas à me parler, je connais ça, répondit Madeleine. Voyons, faites vite. Qu'avez vous à me dire ? Parlez.

— Pas ici.

— Ah ! mon cher, reprit-elle, si c'est

pour me faire une scène, je n'en veux
pas.

Lambezat s'arrêta, réfléchit un peu, et,

— Qu'est-ce qu'il vous disait ? dit-il.

— Qui ça, il ?

— Lui ! fit Lambezat en regardant Puygirard.

— Ah ça ! demanda Madeleine, seriez-
vous jaloux ?

— Je le suis, répondit Lambezat et je ne
le suis pas, et si je ne l'étais pas, vous par-
lerais-je ainsi ?

— Alors, défaites-vous de ça bien vite,
mon pauvre ami, c'est sot !

Claire approchait.

— Voulez-vous, ma chère Madeleine,
fit-elle, nous faire le plaisir de jouer une
polka ?

Madeleine, se levant, répondait :

— Volontiers.

Le pharmacien sentait le besoin de dire
une sottise et un mauvais mot.

— Qu'a donc, fit-il à Claire en passant,
qu'a donc votre mari ? il est d'une humeur
massacrante. C'est Orlando furioso.

Valentine avait entendu.

— Tiens! fit-elle, M. Pas-de-chance qui parle hébreu.

— Hébreu, non! mademoiselle; Orlando est italien.

— Alors vous parlez hébreu en italien.

Claire avait répondu:

— Il est malade depuis quelques jours. Et elle songeait: si celui-ci s'en aperçoit, que doivent dire les autres?

———

XVIII

Depuis sa maladie, Madeleine avait pris
l'habitude d'aller presque tous les jours à
l'église, où elle avait son banc et une boîte
fermant à clef pour les livres de prières.
Pour les petites villes, l'église est une sorte
de distraction presque quotidienne, où l'on
va, les jours qui ne sont ni jours de réception, ni jours de lessive. Dans ces rendez-
vous pieux, on examine les toilettes, la
tenue et la ferveur extérieure de chacun.
Chaque femme a, dans son cerveau, une
petite échelle sur laquelle elle cote la piété
de ses voisines. Ce petit travail journa-
lier ne manque pas d'un certain charme
pour des esprits désœuvrés. On avait par-

faitement remarqué que madame Pas-de-
chance avait eu des redoublements après le
départ de son élève en pharmacie et que,
depuis quelque temps, Madeleine venait
plus souvent. La maladie, dont elle relevait,
expliquait, d'ailleurs, cette ardeur nouvelle.
Elle même y trouvait des charmes secrets
et comme un besoin de demander à Dieu
un immense pardon. Mais Dieu s'était bou-
ché les oreilles. Cette femme, chez laquelle
les appétences du corps s'excitaient par la
religiosité encore subsistante du premier
âge, ne regardait plus Dieu comme le maître essentiellement bon et justement sévère,
mais comme un confident qui ne faisait pas
de reproches. Le sens moral, comme le
monde appelle la conscience, était com-
plètement éteint chez elle, et avait créé l'é-
trange état de cette âme ulcérée. Elle cherchait, dans les nuages odorants de l'encens
brûlé, des visions charmantes, des enivre-
ments spirituels. Cela lui paraissait tout
simple, et elle se froissait, quand elle ne
voyait pas se détacher, au milieu des parfums, l'image qu'elle aimait. D'ailleurs,

que lui importait Dieu? elle avait Puygirard.

Valentine l'accompagnait dans ces stations où chacun admirait le recueillement de sa sœur. Mais elle priait quand Madeleine rêvait.

Ce jour là, un jour sur semaine, où il y avait peu de monde à l'église, ce fut Valentine qui ouvrit la boite aux livres. Une lettre, qu'on y avait glissée par le jeu de la portière, tomba sur ses genoux. La suscription, tracée ferme, ne portait qu'un nom, sans autre indication : « Madame Erveu. »

— Regarde donc, dit Valentine, une lettre pour toi.

Madeleine la reconnut d'un coup d'œil. C'était l'écriture de Puygirard : elle répondit, en tâchant de paraître indifférente.

— Je sais ! c'est de ma couturière.

— Drôle de place, pensait Valentine, pour une lettre de couturière.

Madeleine continuait, en ayant l'air d'être très-occupée à chercher dans son livre de prières, à voix basse, rapide, un peu hési-

tante entre les phrases, comme le sont ces
mensonges dont les retours vous paraissent pleins d'embùches, de recoins traîtres,
de surprises révélatrices et, avec des mots
scandés :

— Une note de ma couturière; je sais
bien que c'est une note, quoique ce soit
encore cacheté. Je l'avais égarée depuis
quelques jours, ou depuis hier, je ne sais
pas. On égare quelque chose et après on
est toute étonnée de le retrouver. Donne-la
moi. Je suis bien heureuse qu'elle ne soit
pas perdue. Au fait, n'en parle pas à Philippe! il ne serait peut-être pas content,
s'il la voyait.

Une idée maligne lui traversait l'esprit,
elle ajoutait :

— Oh non! il ne serait pas content !

— Qui est-ce qui écrit donc les factures?
reprenait Valentine. Ce n'est plus la même
main, et je croyais que tu ne devais plus rien.

Madeleine la regarda en dessous. Est-
ce qu'elle soupçonnerait quelque chose ?
Elle reprit :

— Je ne dois plus rien. J'ai tout payé,

mais il y a des articles oubliés quelquefois, — et mettant la lettre dans son manchon ; peut-être une demande de travail, les
affaires vont si mal.

L'office commençait. C'était un office
des morts. Devant l'autel blanc et or, avec
ses grands lys éclatants montant entre les
cierges, la silhouette noire du prêtre se
détachait. Mais Madeleine, toute entière à
ses réflexions n'entendait pas sa voix émue
et grave entre toutes, demandant au ciel,
pour ceux qui ne sont plus, le repos éternel.
Elle pensait : est-ce qu'il allait la compromettre comme ça, tout de suite ? lui écrire,
c'était bien ! mais lui écrire à l'église ! Si
elle n'était pas venue pourtant, ou si elle
avait confié sa clef à Valentine ou à Claire,
comme cela arrivait quelquefois, quel scandale ! il fallait l'éviter à tout prix. Et Valentine, n'en parlerait-elle à personne ? Etait-il
certain, malgré son air d'innocence, qu'elle
n'eut pas de doutes ? Quelle vie remplie
d'inquiétudes, de tourments, de ruses subtiles, de mensonges incessants, d'épouvantables tortures d'esprit cela lui créerait !

5

Mentir sans cesse à Philippe, à Claire, à
Valentine, à Lambezat, à tous dans ses
relations, à son frère dans ses lettres, avoir
toujours le même mensonge, ne jamais se
couper, ne jamais s'embrouiller dans cette
trame multiple, se rappeler ce qu'on a dit,
prévoir ce qu'on peut dire, être prête à
toutes les attaques, quel supplice ! Et ce
prêtre ne ferait-il pas bien mieux de prier
pour les vivants, plutôt que de demander
pour les morts, qui n'en ont plus besoin,
l'éternelle et l'immuable tranquillité ?

Le prêtre monta en chaire, et l'on s'assit.
C'était ce même prêtre sévère et rigide,
qu'elle avait trouvé autrefois dans le confessionnal. Une mine d'ascète, une voix
chantante et inspirée, raide comme la
vérité absolue, douce comme la charité
divine, des cheveux blancs. Son thème
roula sur les compromissions de l'âme,
avant-courrières fatales des faiblesses de la
chair, qu'on ne compte pas dans cette vie,
mais que Dieu compte dans l'autre. Amours
voilés et mystérieux, amitiés discrètes et
hypocrites, le charme muet de se trouver

ensemble, la douceur de se dire ce qu'on
éprouve, les billets innocents, les serrements
de main furtifs, les regards dérobés pesaient
dans la balance de la Grande Justice. C'était
le prélude, le prologue, le commencement
coupable de la chute, la porte de fer du
crime. Un homme n'est pas répréhensible
seulement pour s'agiter désespérément au
fond de l'abîme, mais encore pour avoir
fait le premier pas qui l'y jette. On ne résiste
pas aux engrenages ; la sagesse est de n'y
pas mettre le bras et l'on doit aller tout
droit à travers le bien, sous peine d'être
condamné et d'être condamné justement.

Cela dura une heure, une heure pendant
laquelle Madeleine, irritée, nerveuse, froissait avec rage, dans son manchon, la lettre
maudite. Il semblait que le prêtre l'eut
devinée, qu'il ne parlât que pour elle,
que peut-être avait-il vu, dans ses longues
prières silencieuses au pied de l'autel,
Puygirard se glisser jusqu'à son banc.
Elle le haïssait ; c'était la deuxième fois
qu'il se trouvait sur sa route. Ne s'était-il
pas montré déjà suffisamment sévère,

quand il avait condamné ces ineffables
douceurs qu'elle trouvait dans ses confes-
sions à l'autre? C'était bien innocent, et ça
n'aurait jamais été plus loin. Tant pis, elle
aimerait Puygirard, malgré tout, et c'est lui
qui en serait cause !

———

XIX

PUYGIRARD A MADELEINE

Où et quand pourrai-je vous voir ? Comment, après m'avoir donné tant d'espérances, pourriez-vous être cruelle, chère madame ? et à quoi cela servirait-il ?

Hier, je causais avec Lambezat. Ce négociant en matières fertilisantes et en amendements agricoles, a, pour vous, une admiration qui n'est dépassée que par la mienne. Sa voix barytonale et magistrale chante vos louanges aux échos complaisants. Vous comprenez bien, qu'en ce cas spécial, l'écho complaisant, c'était moi, qui n'étais pas fâché, je vous en demande pardon, d'apprendre à connaître la dame de mes pensées:

Vous ne m'en voulez pas, n'est-ce-pas?

Tout à vous.

CYPRIEN DE PUYGIRARD.

MADELEINE A PUYGIRARD

Monsieur,

Je n'ai pas besoin qu'on parle de moi, ni qu'on se fasse l'écho complaisant de ceux qui en parlent. Je trouve votre lettre fort impertinente et vous de même, et vous serais obligée de ne plus m'écrire.

MADELEINE ERVEU,
NÉE CHEVRIER.

————

XX

Le jour même, Madeleine alla voir Claire.
Celle-ci travaillait dans son salon, seule et
triste comme à son habitude. Elle avait
pleuré et cela lui arrivait souvent depuis
quelque temps. Un léger cercle rouge bor-
dait ses paupières veinées de bleu, comme
ses tempes, d'où partait pour s'enrôler en
serpents au-dessus de la tête, une masse de
cheveux bruns. A certaines pensées, un sang
plus chaud, plus coloré, se répandait en
couche à peine sensible, sur le front, sur le
cou, sur les joues, à la naissance des épaules,
colorant le tout d'un rose exquis, délicat et
transparent, ce qu'on a appelé le rose de la
pudeur, et qui, sous la peau brunie par

l'air du temps, relevait, dans ce qu'il avait
de triste, le regard voilé et tourné en dedans,
et se surveillant, surtout vis-à-vis de Madeleine, qui travaillait tout près de Claire.

— Qu'est-ce que m'a dit Valentine,
demanda celle-ci, que vous aviez trouvé une
lettre, dans votre boite, à l'église ?

— Ah ! fit Madeleine sans lever les yeux,
vous avez vu Valentine ?

— Sans doute, répondit Claire. Vous
ne trouvez pas mal, j'espère, que cette enfant vienne me voir.

— Non ! mais je voudrais qu'elle bavardât
moins.

Il y eut un silence, Claire reprit :

— Qui donc pouvait vous écrire ? ce
n'est pas votre couturière ? La lettre ne portait ni timbre ni cachets de la poste.

Madeleine avait interrompu son ouvrage.

— Cela vous intéresse ? dit-elle.

Et elle continua d'une voix nerveuse,
irritée, la parole brève :

— De qui voulez-vous que ce soit ? une
facture perdue, égarée que je retrouve par
hasard, l'ayant serrée dans mon livre de

messe. Quoi de plus étonnant, vraiment ?
elle n'a ni timbre ni cachets ! vite ! ce ne
peut être une facture ! et si on me l'a donnée
de la main à la main ? je n'ai pu la payer
probablement ; une vieille lettre qui traîne
depuis des jours. Y a-t-il là de quoi faire des
suppositions et de quoi bâtir tout un
monde d'hypothèses ?

— Pourquoi mentez-vous ? fit Claire
tristement, en déposant son ouvrage sur
ses genoux. Pourquoi mentez-vous, ma
pauvre Madeleine, et combien vous me
causez de chagrin ? Vous ne devez rien à
votre couturière, car vous avez réglé votre
compte il y a trois mois et n'avez rien com-
mandé depuis. La lettre n'était pas dans le
livre de messe, car il serait tombé avec elle.
Elle ne traîne pas depuis des jours, puisque les plis en étaient tout frais et n'avaient
subi aucun froissement et je ne bâtis pas
un monde d'hypothèses sur un fait, qui, au
fond, ne me regarde pas.

— Alors, reprit-elle, provocante, d'après
vous, cette lettre serait d'un homme ?

— Je le crois, dit Claire.

— De votre mari, peut-être?

Une affirmation rapide, énergique, intérieure secoua Claire toute entière : quelque
chose comme un desir de savoir. Qui donc,
en effet, pouvait écrire à Madeleine de cette
façon, sinon Lambezat? Lui seul était en
relations assez intimes avec elle. Mais elle
se contint et répondit :

— Quelles raisons mon mari aurait-il de
vous écrire et quelles raisons aurait-il de
se cacher? Je l'aime et il m'aime. Il a pour
ses enfants, une affection profonde. Philippe est son ami. Ils ont depuis quelque
temps des intérêts ensemble. Vous-même
êtes dans mon intimité, et puis... et puis,
votre question est absurde.

Un sourire méchant errait sur les lèvres
de Madeleine. Cette Claire avec ses grands
airs de ne pas croire aux choses l'ennuyait.
Elle eut envie de lui dire la vérité, pour
lui apprendre. Madeleine reprit, dans un
autre ordre d'idées.

— Georges vous a parlé de moi ?

— Non, dit Claire, M. Hériart n'a rien,
je suppose, à dire de vous, et rien à m'en

diré; elle soulignait ; il aime Valentine et ne
songe qu'à elle. Quant à moi, je suis une
très-mauvaise confidente et ne saurais écouter longtemps.

— Ah ! je croyais, fit Madeleine.

— Vous croyiez mal, répliqua Claire
d'un ton sec.

Elle souffrait, sous son masque d'impassibilité, des douleurs incroyables. Madeleine
continua :

— Georges n'est pas à dédaigner. Il
vaut mieux que beaucoup d'autres et vous
avez raison de n'y pas songer.

— Mais je suis honnête, moi ! s'écria
Claire, emportée tout à coup par l'élan
irrésistible de sa conscience outragée.

— Ce qui veut dire que je ne la suis pas,
reprit Madeleine en se levant pour sortir.

Et comme Lambezat la croisait en entrant
de son côté.

— Vous avez entendu, mon cher? lui dit-
elle.

Madeleine avait parlé sans raison, par

méchanceté pure, pour se venger, parce
que l'autre savait qu'elle avait une lettre.
Maintenant, Claire était affaissée sur le
canapé. Des sanglots lui montaient à la
gorge, la suffoquant, secouant tout son
corps, qui tremblait des pieds à la tête.
Sa voix, entrecoupée par les larmes, qui ne
voulaient pas sortir, laissait échapper des
mots brisés, des interjections, des cris
rauques. Elle se sentait succomber sous
le poids d'une lutte trop épuisante, et son
âme sonnait le glas de son amour. Sous
les tempes, qui battaient douloureusement,
des pensées de rage, de haine, d'impuissance et de tendresse mêlées, s'amalga-
maient dans le chaos d'une fièvre ardente.
L'idée de la mort, volontaire, immédiate,
qui se présente à toute âme souffrante,
comme une inéluctable et facile délivrance,
l'obsédait. L'épouse était avilie, outragée
dans sa maison par celle-là même qu'elle
croyait être la maîtresse de son mari, tandis
que l'autre, l'illégitime, la voleuse d'amour,
sortait le front haut et prenait le mari à
témoin de l'insulte.

Les rideaux, baissés, rendaient encore plus sombre le crépuscule qui tombait. Les bruits de la rue, la joie des enfants sortant de l'école, avec leurs turbulences, leurs cris, leurs bousculades rieuses, leurs courses désordonnées et imprudentes à travers les charrettes attelées et les tilburys des propriétaires regagnant leurs domaines ; les coups de fouet des voituriers, le roulement et les grelots de l'omnibus du chemin de fer, les commérages des servantes à la fontaine; ce remuement de fourmillière humaine, qui se hâte de terminer les travaux du jour, dans le dernier rayonnement du soleil oblique du printemps, père des violettes et des lilas; tout cela contrastait péniblement avec cette femme plongée dans l'effarement de sa douleur, et sur la nuque de laquelle une flèche d'or liquide, filtrant à travers les carreaux, s'étendait amoureusement en nappe chaude et caressante.

A la question de Lambezat, qui demandait : « ce qu'il y avait », Claire s'était levée, et lui racontait sa conversation avec Made-

leine, avec cette éloquence particulière aux
femmes, éloquence haletante, remplie
d'élans, de phrases à côté, de parenthèses
subites et désordonnées, d'attaques, de
coups droits, de ripostes imprévues, d'audaces inattendues, de points de vue personnels et surtout de ces logiques enfantines
et prodigieusement autoritaires, tellement
pressées qu'il est impossible d'en arrêter
le flux. L'esprit le plus vif ne peut les suivre
dans ce décousu de paroles, si intimement
liées, pourtant, par la passion qui les
domine.

Lambezat cherchait à la calmer et n'y
parvenait pas. Sa parole n'avait aucune
prise sur cette explosion passionnée qui
écoutait, sans le comprendre, le verbe con-
solateur. Bercé sur les mots, dont le sens
doux lui était cependant particulièrement
sensible, sans qu'il s'en rendit compte,
l'esprit de Claire suivait sa pensée cachée.
Ni elle-même, ni Lambezat, véritablement
ému, à cette heure, par ces larmes, ne
s'apercevaient de la nuit, qui descendait, graduelle, d'un pied léger, sur la

nature fatiguée. Nulle bougie allumée, nulle
lampe ne traçaient dans l'appartement
qu'ils occupaient leur cercle lumineux, au
delà duquel commence l'indécis dans les
formes. Le feu seul les éclairait, ainsi qu'une
lueur blafarde et triste, venant d'un réver-
bère, placé en face, dans la rue, déserte
maintenant.

Claire parlait toujours.

— Oh! cette femme, vois-tu! Elle fera
ton malheur, le mien, celui de tes enfants!
Tu ne lui as pas écrit! soit! Je te crois.
Mais tu l'aimes! Elle est ta maîtresse!
Quelle folie a-t-elle donc mis en toi pour que
tu tournes sans cesse autour d'elle, ainsi?
Tous enfin. Et Puygirard, et le pharmacien. Ne nie pas! J'en suis sûre! Ne vous
ai-je pas découverts près de l'étang? Et
vous m'aviez menti tous deux! menti! Pourquoi, si vous n'étiez pas coupables? Si
j'avais fait la moitié de ce que je te reproche, que dirais-tu? Mais vous! tout vous
est permis! Tout cela pour une femme qui
te trompe! Car, si tu ne lui écris pas, de
qui est cette lettre? Elle te fera croire tout

ce qu'elle voudra. Et quelle audace! Venir me braver; faire de moi son amie, comme si je ne savais pas ce qui se passe. Si je disais tout à Philippe, pourtant!

Un frisson de frayeur passa dans le dos de Lambezat. Il pensait qu'il ne pourrait pas l'en empêcher, que dans l'état de surexcitation ou était Claire, elle était capable de tout, que Philippe n'était pas commode; il reprit :

— Quelle folie! troubler le repos d'un honnête homme en accusant injustement une femme inattaquée!

— Cette femme inattaquée, répliqua Claire, a-t-elle respecté mon repos à moi? S'est-elle occupée de savoir s'il y avait, derrière l'accomplissement de ses fantaisies, un cœur innocent qui souffrait, un amour brisé, une âme désolée? Cela ne lui faisait rien, à elle! de m'avoir rendue douteuse du passé et incrédule pour l'avenir? L'honnête femme, en effet, et je ne voudrais pas l'être ainsi, à ce prix! Qu'a-t-elle donc de plus que moi pour qu'on l'aime? N'ai-je pas son âge et ne t'aimé-je pas mieux qu'elle?

L'affection de Philippe, la crainte du scandale ne t'arrêtent pas ? Pourquoi ma vengeance ne troublerait-elle pas sa vie, comme elle a troublé la mienne ? Tu t'inquiètes singulièrement de sa tranquillité ? Est-ce que je ne suis rien, moi ? Douze ans d'un amour tendre, d'une passion dévouée, d'une fidélité sans taches, de fraîches illusions, de confiances sincères ; les espérances d'un avenir également heureux, d'une vieillesse calme et honorée, d'une vie sans secousses, s'écoulant paisiblement entre le mari toujours aimé, toujours aimant, orgueilleuse des succès de nos enfants, tout cela s'écroule devant le regard d'une femme inattaquée, qui insulte la tienne et que tu défends !

Claire s'arrêta épuisée.

— Ma chère Claire, reprit Lambezat, la colère t'emporte, et je ne défends personne. Madame Erveu fut-elle coupable et eut-elle des amants, il ne nous appartiendrait pas de le dire à Philippe. Ce sont choses délicates, qui peuvent amener des catastrophes irrémédiables et quelquefois mort d'homme Que le mari se défende, c'est son devoir et nul n'a le droit de troubler sa confiance. Le nôtre serait de nous détacher peu à peu de la famille Erveu, s'il existait, ce que je ne crois pas, puisque personne n'en parle, même l'ombre d'un scandale. Il se peut que madame Erveu n'ait pas menti, et que sa lettre ait réellement l'origine qu'elle lui attribue. Nous devons l'en croire, puisqu'elle l'affirme, et tu as été tout au moins imprudente d'amener sur ce terrain brûlant une conversation qui ne pouvait se terminer d'une façon amicale. Ta jalousie, dont je te remercie, t'a entraînée au delà des limites que tu n'aurais pas dû franchir, et j'en déplore d'autant plus les conséquences regrettables, que j'ai, depuis quelque temps, et tu le sais, des intérêts sérieux unis à ceux de Philippe et de Georges Hériart. Une rupture entraînerait forcément la perte immédiate de la plus grande partie de ma fortune et donnerait l'éveil à Philippe, ce qu'il ne faut pas.

— Et qu'est-ce que cela me ferait, s'écria Claire, si tu m'aimais encore?

La note était donnée. Lambezat la saisit

au vol. Il fut tendre, ému, affectueux, avec
des mots doux et caressants. Il promit
tout ce qu'on voulut, nia tout ce qui
devait se nier. Il n'y avait entre lui et Madeleine que des relations de bonne compagnie,
rendues plus familières par une fréquenta-
tion de dix ans. Cette sorte d'intimité
n'avait rien qui put effaroucher l'esprit le
plus malveillant. Autrement la vie ne
serait pas possible. Quant à l'avoir pour
maîtresse il n'y avait jamais songé, n'ayant
pas le temps : les affaires avant tout. Puis,
il n'oserait pas. Il rougirait en présence
de Claire, rien qu'en se sentant coupable
envers elle. En outre, avec ça que c'est
facile dans une petite ville où l'on compte
tout, les visites, les paroles, les regards.
Toute cette phraséologie diffuse, plus pratique qu'amoureuse était débitée d'un ton
bonhomme, naïf et sans prétentions. Cela
avait l'air d'une causerie plutôt que d'une
défense et devait produire son effet. Elle
le produisit, et Claire, qui n'eût pas davantage cru aux grands sentiments, fit semblant
d'être rassurée par cette énumération de

difficultés matérielles et se jeta au cou de
Lambezat.

— Jure-moi, dit-elle, jure-moi que tu
ne l'aimes pas, que tu ne l'as jamais aimée !

La prudence de Lambezat, rassuré à
son tour, reprenait le dessus.

— Je l'aime et je ne l'aime pas, répondit-il : je l'aime comme un ami et je ne
l'aime pas comme un amant.

Claire, désappointée, regagnait son fauteuil.

— Un honnête homme, murmurait-elle,
n'aurait pas de ces distinctions-là.

XXI

Le lendemain, à la première heure, Lambezat courait chez Madeleine.

— Ouf! se disait-il, quelle tuile! et qui se serait douté que cette petite sotte eût tant de perspicacité?

La petite sotte, c'était Claire.

Madeleine était seule. Il entra comme une bombe.

— Voyons, ma chère, dit-il, qu'est-ce que c'est que cette histoire ridicule? et quel besoin de venir faire une scène chez moi?

Madeleine le regardait entre les deux yeux.

— Vous avez, mon cher Lambezat, une

façon superbe d'entrer chez les gens, et je
ne sais à quoi il tient que je ne vous fasse
jeter à la porte.

Lambezat ne s'arrêtait pas à ces misères :

— Superbe, c'est possible, répliqua-t-il,
et j'entre chez les gens comme il me plait.
De qui la lettre ?

— Quelle lettre ?

— Eh ! tu sais bien ?

Madeleine s'était levée.

— Je vous demanderai d'abord de quel
droit vous vous permettez de me tutoyer.
Ensuite, de qui voulez-vous que je reçoive
des lettres, sinon de vous ?

Le gros marchand d'engrais resta inter-
loqué. Il ne s'attendait pas à tant d'audace.

— Vous vous moquez, ma chère, reprit-il,
je n'écris pas, c'est trop bête.

— Cela dépend, dit Madeleine, décidée à
rire un peu de lui, c'est bête et ce n'est pas
bête : cela dépend des gens qui écrivent, et
elle reprit : savez-vous que vous êtes fort
bien en colère ?

— Eh ! dit Lambezat impatienté, je suis
en colère et je n'y suis pas.

— Et vous êtes en colère, interrompit Madeleine.

Lambezat répétait :

— De qui la lettre ?

— Qu'est-ce que ça vous fait, dit Madeleine, vous n'êtes pas jaloux, je suppose.

— Moi ! pas plus que vous n'êtes fidèle !

Madeleine toute droite, lui montrait la porte.

— Ah ! reprit Lambezat, vous me chassez ?

— Oui, fit-elle.

— Et vous ne craignez pas que je parle.

— Non !

— Dame, continua-t-il, on peut parler et ne pas parler.

— Allons donc ! répliqua Madeleine, vous avez trop peur de votre peau.

— La mienne seule, chère Madame, ne courrait pas les risques et la vôtre même,

Madeleine, voyant qu'il ne sortait pas, était retournée à sa place.

— Bah ! Philippe tuerait peut-être l'amant, mais non la femme. — M'apportez-vous les excuses de Claire ?

— Vous dites ?

— Je vous demande si vous m'apportez
les excuses.

— De Claire ! J'ai bien entendu. A vous ?

— Pourquoi pas ? La formule en est-elle
tout au moins plus polie que vous, et êtes
vous capable de les répéter d'une façon
galante ? Vous devez avoir appris à parler
dans le commerce des engrais minéraux ?

— Mon commerce, Madame, ne m'em-
pêche pas de parler aux gens comme il
convient qu'on leur parle, et je vous donne
ma parole d'honneur que ma femme ne
s'humiliera jamais devant vous.

— Et moi, je vous jure, dit Madeleine,
que je ne vous reverrai, Claire et vous,
qu'à cette condition.

— Comme il vous plaira, fit Lambezat,
qui avait la main sur le bouton de la porte.

— Asseyez-vous donc, reprit Madeleine,
vous êtes insupportable.

Lambezat prit un siége, près de la cheminée.

— Est-ce sérieux ? fit-il.

— Très-sérieux. Voulez-vous, oui ou
non ?

— Non.

— Pourquoi?

— Il y a, dit Lambezat, de ces choses qui se comprennent toutes seules.

— C'est justement pour cela, répliqua Madeleine, que je pose mes exigences. Je veux ça et pas autre chose.

— Parce que?

— Parce que le soin de ma réputation l'exige; parce que je ne veux pas qu'on répète que je me suis brouillée avec Claire par jalousie, ce qui prêterait à dire, et enfin, parce que je veux dominer la situation et non être dominée par elle. Elle a ses égoïsmes, et si je me soumets à quelques-uns d'entre eux, je veux, tout au moins, et autant qu'il me sera possible, rester maîtresse de moi-même.

— Ah ça! ma petite, reprit Lambezat, c'est tout un discours cela! Donc parlons peu, mais parlons bien. Si ce que vous appelez la situation a ses égoïsmes, elle a aussi ses brutalités, et quand on veut éviter les uns et les autres, on évite la situation même. Nous en sommes à un point

5**

où nous pouvons ne pas nous faire de compliments. Je tiens à votre réputation, mais je tiens aussi à l'affection de ma femme.

— Décidément, interrompit Madeleine, vous ne voulez toujours pas ?

—Toujours non.

— C'est alors une rupture, mon cher, et Dieu sait comment Philippe la prendra !

— Il la prendra, et il ne la prendra pas. Vous lui expliquerez la chose.

— C'est cela même, dit Madeleine, et vous avez une admirable façon de trouver les dénouements. Je rapporterai à Philippe ce que m'a dit votre femme.

Lambezat n'était point très-brave. Il commençait à être effrayé. Pourtant il fit bonne contenance.

— Rapportez-le lui, dit-il.

— Il voudra savoir ; il interrogera Claire.

— Claire ne dira rien.

— Claire dira tout et...

— Et quoi ?

— Qui sait ? il serait capable de vous tuer.

C'était la troisième fois, depuis deux jours que cette probabilité se présentait.

Mais Lambezat était entêté : il répondit:

— Oh ! que non !

— Voilà, répliqua Madeleine, qui est bientôt dit et mal pensé. Quand une femme se trouve entre deux hommes, mon cher, il faut que l'un d'eux disparaise. Choisissez lequel.

— Je choisis Philippe. D'ailleurs tout cela, c'est de la fantasmagorie. Votre mari aime Valentine, il veut la voir heureuse, un scandale ferait manquer son mariage avec Georges. Il n'y aura pas de scandale, voilà ma première raison.

— Ah ! et la seconde ?

— C'est qu'après moi, il y a de Puygirard, et après de Puygirard.

— Vous êtes un insolent. Après vous il n'y a personne, et y eut-il quelqu'un, les premiers soupçons de Philippe, les plus justifiés, tomberont sur vous.

— Je lui dirai la vérité et que vous êtes venue me trouver.

— Il vous répondra que vous êtes un malhonnête homme, vous tuera tout de même et ne vous croira pas. La belle ima-

gination que j'aie pu me jeter à votre tête,
et cette dénonciation ne vous honorerait
guère !

Lambezat hésitait, cela se voyait ; il sentait bien que Madeleine avait raison, il reprit :

— Il faudra pourtant bien.

— Il ne faudra rien du tout, dit Madeleine. Vous connaissez mes conditions et
j'y tiens. Philippe ne doit rien savoir, vous
viendrez diner avec nous ce soir, et vous
amènerez Claire.

— Je l'amènerai, dit Lambezat, et je ne
l'amènerai pas, je l'amènerai si elle veut.

— Et vous la déciderez si elle ne veut
pas, fit Madeleine. Adieu c'est mon dernier
mot.

XXII

Claire s'était tout de noir habillée, comme le page de Malborough. Son cœur portait le deuil de son amour. Les objurgations, les cicéronades de son mari l'avaient entraînée et non convaincue. Le dévouement seul aux intérêts des enfants et à ceux de Lambezat lui imposait ce supplice nouveau, quoique ce dévouement même manquât de poésie. Elle commençait son chemin de croix, que tout être gravit une fois dans sa vie, au moins, quand il ne meurt pas à moitié route. Toute entière à sa blessure, elle ne s'aperçut pas d'abord que Madeleine avait invité, en même temps

qu'elle les habitués de leurs petites réunions.

Ils étaient tous là, les pieds au feu, la
cigarette aux lèvres, dégustant le vermouth
dans des verres à patte, et attendant, sous
la lumière de la suspension éclairée, qui
pailletait de points éblouissants les cristaux
de la table, et rayait perpendiculairement
le vieux vin pelure d'oignon renfermé dans
les carafons. La nappe blanche, avec ses
plis tombant raides et ses nœuds aux
quatre coins, pour l'empêcher de traîner,
mettait de la gaieté partout. Madeleine était
triomphante; Claire, calme; Lambezat,
embarrassé; Valentine heureuse comme
toujours, Nanon allait, venait, grognonnait
et faisait le service. On attendait Philippe.

— Ma chère Claire, dit Madeleine, en
enfonçant légèrement le coup d'épingle, je
n'osais guère compter sur vous, ce soir,
M. Lambezat me disait n'être pas certain
de vous amener.

— Ma chère Madeleine, répondit Claire,
vos invitations sont faites d'une façon si
aimable, et vous m'avez donné la preuve,

jusqu'à présent, d'une vieille amitié si
loyale et si franche, que j'aurais eu mauvaise grâce à vous refuser.

— Mon amitié n'a point changé, ma
chère Claire.

— Mon mari l'affirme, ma chère Madeleine, et je le crois.

Madeleine sentit la pointe et ne broncha
pas.

— Je ne pensais pas, dit-elle, que vous
eussiez besoin d'une autre appréciation que
la vôtre.

— On pourrait, répondit Claire, l'accuser d'être partiale et un homme sait, dit-
on, mieux distinguer ces sortes de choses.

— Cela se voit de soi, reprit Madeleine,
qui, sentant quelle n'avait pas l'avantage
dans le combat, commençait à regretter
que Claire fût venue. Cela se voit de soi,
reprit-elle en regardant de côté, pour voir
si la scène avait des témoins, ce dont elle
aurait été humiliée, cela se voit de soi,
sans que personne le dise, et votre gra-
cieuse arrivée en est la preuve.

—Assurément, dit Claire, et deux fem-

mes ne peuvent guère s'aimer plus que nous
ne le faisons. Mais où donc est votre
mari ?

— Il va venir, et sera heureux de causer
avec vous.

— Moi, de même ; d'autant plus que j'ai
à lui reprocher d'être... de ne pas vous
accompagner plus souvent chez moi.

— Ce reproche, ma chère Claire, lui sera
certainement fort agréable, et vous devez
avoir à lui dire beaucoup de choses.

— Beaucoup, en effet, et nous causons
souvent de vous, quand nous nous voyons.
M. Philippe vous adore, savez-vous ?

— Je ne l'ignore pas.

— Et vous le lui rendez bien, j'imagine.
Quel ménage uni vous faites, et comme il
serait dommage qu'un nuage vint troubler
le bleu de votre ciel.

— Moins bleu que le vôtre, ma chère
Claire, répliqua Madeleine, M. Lambezat
vous chérit.

— Et vous le lui rendez bien, dit
Claire.

Le mot lui était échappé. L'attaque était

directe. Madeleine, légèrement pâle, perdait du sang-froid, elle reprit, vivement et hautaine.

— Vous dites?

Claire ne se laissait pas intimider, elle continua :

— Je songeais de monsieur Erveu. Qu'il doit être heureux avec vous! je voudrais pouvoir l'être autant que lui.

— Vous y perdriez, ma chère, fit Madeleine.

— N'en croyez rien! reprit Claire. L'affection de votre mari qui vous charme, sa confiance illimitée et justifiée qui vous protége; une loyauté sans bornes, une délicatesse sans limites, un cœur large et généreux, la situation de fortune indépendante qu'il vous a faite, cela se compte, ma bonne amie, et je comprends toute la reconnaissance que vous en avez.

— Alors, dit Madeleine toujours souriante, mais les dents serrées, c'est encore la guerre?

— Oh que non! dit Claire. La guerre entre nous, ma toute belle, et pourquoi faire?

nous ne combattons pas de la même façon, et vous n'observeriez pas...

— Qu'est-ce que je n'observerais pas ? dit Madeleine.

— La convention de Genève, ma chère Madeleine : vous abuseriez des armes défendues.

Madeleine fit un mouvement de colère : elle se contint. Philippe entrait.

— Heu ! heu ! bougonnait Nanon qui, tout en servant, les observait du coin de l'œil, tout ça, c'est des micmacs qui n'est point bons.

— Allons ! hop ! disait le pharmacien, la soupe est sur la table et le bras aux dames !

XXIII.

Le diner était depuis longtemps fini, les hommes fumaient, les femmes causaient au coin du feu. Madeleine cachait sous le masque d'une amabilité contrainte le dépit de sa défaite. Elle avait eu sa bataille de Marignan, et y avait perdu plus que François Ier. S'il faut en croire la lettre apocryphe de ce dernier, à Marignan, l'honneur fut sauf. Celui de Madeleine avait sombré depuis longtemps. Claire, au piano, chantait avec des notes puissantes, passionnées, ardentes. Elle avait eu sa revanche et ne s'était jamais sentie plus en voix. C'était l'air de Charles VI : « Chaque soir, Jeanne sur la plage ». Elle le disait avec un charme

exquis, une intention légère, un regard
allant droit à son mari, à travers la glace
de l'étagère placée au-dessus du piano :
quelque chose comme l'appel de l'épouse
à l'époux, comme une dernière tentative,
pleine d'ardeur, d'amour douloureux, de
sanglots contenus. En disant cet air, si
mélancolique et si tendre, avec ses notes
basses semblables au clapotement du flot
sur cette plage, où Jeanne allait attendre
l'infidèle, où sa voix l'appelait, mêlée aux
caresses du vent, et accompagnée par le
bruissement majestueux de la grande mer,
Claire essayait ce qui lui restait de puis-
sance, et expérimentait son influence sur
Lambezat, ébranlé, presque ému. Il se
demandait, en effet, s'il ne valait pas mieux
pour lui retourner complétement à cette
femme aimante, dont le cœur lui appartenait encore tout entier, malgré ses fautes,
plutôt que de subir cet infernal supplice de
la jalousie dans l'adultère.

Au coin de la cheminée, le docteur Blanchemain causait avec Philippe.

— Chez vous, lui disait-il, mon ami,

l'impulsion du cœur est faible ; ses bruits sont clairs et quelquefois accompagnés d'une sorte de tintement métallique. Votre pouls irrégulier, mou, dépressible, indique le besoin d'un agent tonique et régulateur. Il faut redonner à la circulation capillaire une activité nouvelle. Le cœur y gagnera une énergie musculaire assez puissante et un laps de temps assez grand pour se débarrasser plus facilement du sang qui s'y accumule et qui l'obstrue. C'est l'avis des auteurs, et je n'aperçois qu'un agent assez énergique pour ce faire : la digitaline.

— Ah ! dit Madeleine, qui avait entendu, mais c'est un poison.

— Et un poison dangereux, madame, reprit Blanchemain, un de ces poisons végétaux, dont la trace ne se retrouvant pas dans l'organisation animale, disparaît et est absorbé par elle. La justice et la science, aujourd'hui, il faut le dire hautement, savent cependant le reconnaître dans les cas, heureusement peu fréquents, où il a été criminellement employé. Il a, de plus, cette propriété bizarre et essentiellement

dangereuse. d'être, de la part du corps,
l'objet d'une grande tolérance ; c'est-à-dire
qu'on peut en absorber des quantités assez
considérables sans que l'assimilation s'en
fasse immédiatement. Il s'accumule dans
l'estomac, et peut produire, dans certains
cas, une véritable intoxication. Aussi, ne
le prend-on qu'à doses infinitésimales, et
est-il bon de s'arrêter dès qu'on ressent les
premiers phénomènes, de cette tolérance,
qui se manifeste tout d'abord par des
troubles de la vue.

— Alors, reprit Madeleine, on peut être
empoisonné sans le savoir ?

— Absolument ! dit Blanchemain.

— Comme on fait de la prose, nasilla le
pharmacien.

— Et vous n'avez pas d'autres remèdes
moins dangereux ? ajouta Madeleine.

— La médecine n'en connaît pas de plus
efficace.

— Eh bien ! mon cher docteur, vous me
ferez votre ordonnance, dit Philippe.

— Quel malheur ! Un si bel homme !
soupira la femme de Pas-de-chance.

La pharmacienne était une grosse femme, réveuse, idéaliste et lamartinienne, malgré l'avachissement de ses charmes. Depuis que son mari n'avait plus d'élèves, elle s'était laissé aller, oubliant les soins de sa toilette, laissant couler ses bas sur ses jambes, et ne serrant plus son corset, ce qui donnait, aux opulences de sa poitrine, des formes tombantes, flasques, ballotanttes, d'une demi-consistance, comme celle de la chair des poulpes ou orties de mer. Quand elle riait, tout ce paquet s'agitait convulsif, tremblotant, et communiquant à la soie de la robe des ondulations de bas en haut. Mais elle riait peu, pensait moins et rêvait davantage, ayant un idéal qu'elle cherchait de l'œil droit au plafond, tandis que le gauche, par habitude, semblait surveiller la porte de la pharmacie. Elle était Chantegrèle de son nom de fille, mais elle signait Chantegrèle de Trousse-chemise, du nom du village où son père était aubergiste. Ce village, dont nous n'inventons pas le nom, se trouve en Haute-Vienne, à quatre pas du chef-lieu de canton Mezières et sur la route de Bellac à

Confolens. Cette prétention nobiliaire ne l'empêchait pas de parler d'amour platonique. Elle disait que toute femme devait en avoir au moins un dans sa vie. Quand Pas-de-chance entendait ce discours souvent répété, il bondissait vers sa clarinette, affirmant qu'il voulait accompagner d'un air tendre et langoureux, l'hymne amoureux de son épouse. Il l'appelait presque spirituellement : secrétaire perpétuelle de l'académie de Platon. Ce qui avait le privilége de l'exaspérer. Avec ça, méchante en diable et fine comme une belette, quand il s'agissait d'espionner ses amies. Cette cancanière passait de bonnes soirées dans son arrière-boutique, avec son mari, à dire du mal « des autres », et à jalouser ces chipies qui se permettaient de bien s'habiller. Tous y passaient : Madeleine, Claire, Lambezat, Philippe, Valentine, Georges, et les demoiselles Courtenbois. Son esprit malade inventait des histoires, flairait des cancans, comptait le nombre de visites faites ou reçues, le temps qu'on restait chez les gens, et savait parfaitement remarquer si le

nœud de chapeau de madame une telle,
qui se trouvait à gauche, en entrant, était à
droite en sortant.

L'officine de son mari, où elle servait
souvent elle-même, étant presque aussi
pharmacienne que son mari était pharmacien, située sur la grande place, lui permettait de voir beaucoup de choses. Quand il
venait un paysan, un colon, elle le faisait
entrer à la cuisine, lui versait du vin et lui
tirait les vers du nez. L'autre, enchanté de
tant de politesse, trouvait que c'était « une
bonne femme, pas fière », causait à tort et à
travers et payait ses remèdes deux fois plus
cher que partout ailleurs. Le paysan des environs de Saint J... se ferait battre pour une
chopine de vin gris, et ce métier clandestin
de marchande de vin au détail réussissait à
madame Pas-de-chance. En même temps,
elle préparait la candidature de son mari,
qui voulait être conseiller général, et elle
lui gagnait des voix sans les payer. D'autant
plus qu'elle donnait des consultations gra-
tuites, non-seulement au point de vue mé-
dical, mais encore au point de vue juridi-

que. Un oncle, qui avait été huissier, et
l'avait employée quelquefois comme clerc
dans son étude, lui avait inculqué, par
l'habitude, quelques notions de droit, à la
manière des huissiers. Elle connaissait
admirablement les affections intestinales et
les questions de bornage et empiétait volontiers sur le domaine du médecin et sur celui
du juge de paix. Sa parole avait fini même
par prendre plus d'autorité que la leur, et
souvent, à l'audience, quand le magistrat
demandait : quel est l'idiot qui vous a con-
sulté ? il n'était pas rare d'entendre répondre : « c'est la femme du pharmacien ! » Ce
qui mettait le juge de paix dans des fureurs
bleues.

Aussi celui-ci ni le médecin Blanchemain ne pouvaient la souffrir. Mais ce
dernier, plus sceptique, vieux mécréant,
qui ne croyait à rien qu'à l'avénement des
républiques radicales, la prenait par son
sensible. Il lui faisait une cour discrète, lui
écrivait des ordonnances en vers, avec un
madrigal au bout, l'allait souvent voir, dans
l'arrière-pharmacie, et, tout en plaisantant,

histoire de rire, lui prenait la taille dans
les petits coins. Ce jeu aimable ne déplaisait
guère aux trente-cinq ans sonnés de notre
pharmacienne, qui minaudait des : « finissez
donc, vous me chatouillez! » des : « oh! le
monstre! » ou des : « si mon mari arrivait! »
avec des tortillements calculés et des regards
coulés pleins d'encouragements. L'Académie française vient d'admettre l'expression
« faire de l'œil » ; et elle faisait de l'œil aca-
démiquement. Puis quand elle voyait que le
médecin n'allait pas plus loin, se doutant
bien qu'il la faisait poser, elle parlait de sa
vertu, de sa fidélité à son mari, des serments jurés, de Dieu, qui nous voit. Blanchemain, qui, en sa qualité de médecin, croyait
devoir être athéiste, envoyait très-nettement
Dieu au diable et madame Pas-de-chance
avec.

Le médecin avait entendu la phrase de
la pharmacienne : il répondit :

— Ce sont souvent les plus beaux hommes qui ont des maladies de cœur.

— Ah! vous me rassurez! fit elle, j'avais
peur pour mon mari.

Le mot parut drôle, même à Pas-de-chance. Pendant qu'on riait, Lambezat s'était rapproché de Madeleine.

— Eh bien ! vous êtes contente ? dit-il. Claire est venue. Puis-je espérer vous revoir ?

— Oh ! mon Dieu ! répondit Madeleine, si vous voulez ! ça m'est bien égal.

————

XXIV

Dès le mois d'octobre précédent, un acte de société entre Georges Hériart, Philippe, Lambezat et quelques autres propriétaires des environs avait été signé. L'apport de Philippe consistait dans son domaine tout entier, représentant un certain nombre d'actions, mais qui lui resterait propre néanmoins et lui serait attribué si la société venait à se dissoudre sans pertes. Il y mit aussi la dot de Valentine. Georges y apporta ses économies et celles de sa mère, une cinquantaine de mille francs, à peu près. L'apport de Lambezat était de quatre cent mille francs, ce qui, avec celui des autres associés, formait, en dehors du domaine de Philippe,

6*

un capital argent de treize cent mille francs,
devant rapporter trente à quarante pour
cent, au moins. Une partie de cet argent
devait servir à construire, sur le bord de la
rivière, une tannerie, une scierie mécanique et une usine à sucre de betterave. La
rivière offrait une force motrice considérable, qui, utilisée par des turbines, devait
être et était bien supérieure aux besoins de
ces différentes industries. La situation était
excellente, à la tête d'un pont, auquel venaient aboutir presque toutes les voies de
communication du pays, et à mi-chemin
entre deux grands centres de population.
Avec l'autre partie de l'argent, s'il en restait,
on acquérerait les bois nécessaires à la scierie et à la tannerie, et les terrains d'exploitation des gisements de minerai découverts. Tous les propriétaires du pays, ou
presque tous, s'étaient d'ailleurs engagés à
cultiver par an, et pendant un certain
temps, deux, trois ou quatre ans, un certain
nombre d'hectares de betteraves sucrières.
Cet engagement avait été pris d'autant plus
facilement, que, malgré les dépenses plus

fortes d'engrais, les propriétaires y trouvaient un meilleur rendement de culture et de grandes facilités pour l'engraissement de leurs bestiaux. Lambezat, d'un autre côté, avait promis de vendre à des prix inférieurs, mais tout en se réservant un certain bénéfice, les engrais spéciaux nécessaires à la culture de la betterave à sucre.

L'usine se trouvait donc alimentée sûrement. Elle devait être construite par la maison Cail. Georges Hériart était chargé des analyses et de la direction générale; Philippe, des achats et reventes de terrains; Lambezat de la tannerie et de la scierie. L'exploitation des minerais, qui était le principal dans le commencement, devenait aujourd'hui l'accessoire, mais on ne l'abandonnait pas pour cela. Il était convenu qu'on achèterait le terrain. En cas de non achat, on payerait un droit d'exploitation proportionnel à la valeur et à la profondeur du filon. On préférait maintenant employer les capitaux disponibles à l'acquisition de grandes parcelles de bois ou de forêts pour la scierie et la tannerie. La plupart du temps, la valeur

des coupes payerait la superficie qu'on re-
vendrait ensuite au détail. Ce serait tout
bénéfice. Philippe était chargé de ce genre
d'opérations. Les paiements seraient au
comptant. Les associés augmenteraient
leurs mises de fonds, s'il était nécessaire,
De plus, on aurait, autour de l'usine, des
logements d'ouvriers.

Tout cela était calculé à un centime près.
Les trois cents hectares de Philippe offraient
des filons de fer natif d'une richesse particulièrement remarquable et d'une étendue
considérable. D'un énorme rocher, placé
sur une hauteur et composé entièrement
d'un bloc de quartz pur, on pouvait alimen-
ter les porcelaineries de Limoges. Les
quartz de Saint-Yrieix commençaient à
s'épuiser. La pureté, la blancheur cristal-
line de la pierre lui donnaient un haut
prix. En outre, Philippe n'était plus pro-
priétaire; il était dépossédé sous les conditions dites plus haut, au profit de l'association, qui lui donnait un certain nombre
d'actions. Sa terre valant trois cent mille
francs, il eut huit cents actions de cinq

cents francs chacune. Cela valait bien ce prix prétendu élevé, si l'on considérait le but industriel de la chose et la valeur minéralogique du sol. La rémunération du travail de Philippe était comprise là-dedans. Les autres deux mille six cents actions appartinrent aux sociétaires, chacun en raison de son apport. Des avantages seulement dans la répartition des bénéfices, furent faits à Georges Hériart, à cause de la somme considérable de labeur qu'il apportait. La société se constitua sous le voile de l'anonymat. Ses actions étaient au porteur, et un certain nombre d'actions donnait droit à une, deux ou trois voix dans l'association.

Aussitôt l'autorisation gouvernementale arrivée, et, grâce à des protections, elle arriva en décembre, les entrepreneurs se mirent au travail. On commença par les maisons d'ouvriers, qui devaient servir aux maçons et constructeurs avant d'être abandonnées aux ouvriers des fabriques. Elles furent construites à mi-côte, en dehors des crues possibles de la rivière, en siénite porphy-

ritique rouge, trouvée sur les lieux. Leur
façade, donnant sur la rivière, embrassait
une vue ravissante, formée de rochers
abrupts et de merveilleuses échappée :. Puis
on s'occupa des barrages. De grosses masses granitiques furent précipitées dans
l'eau, d'une façon symétrique et voulue, et
reliées entre elles par une cémentation solide
à la chaux hydraulique. Georges veilla de
près à l'établissement des turbines ; établissement important. Pendant ce temps, de
grosses charrettes attelées de cinq ou six
chevaux roulaient avec un bruit étourdissant, étonnant les cantonniers occupés à
casser les pierres, sur les routes. Elles
portaient, sous bâches, des fers travaillés,
qu'on déposait, une fois rendus, par terre
et par catégorie de pièces. C'étaient d'im-
menses traverses, des plaques semblables
à des parquets à jour, des bielles, des arbres
de couche, des caisses de boulons, des pistons, des excentriques, des fragments de
pressoirs, des roues, des côtés de cuves,
des dépulpeurs, des tuyaux de cheminée,
des appareils distillatoires : tout cela éti-

queté, numéroté, classé. Les premiers
envois de la maison Cail s'étalaient partout
dans un désordre apparent. Si l'usine à
sucre de betteraves devait être toute en fer,
par contre, la tannerie et la scierie, qui
se construisaient déjà de l'autre côté de
l'eau, étaient en bois. Un pont volant, hardi-
ment jeté, reliait les deux rives.

Ces travaux marchaient régulièrement
sous la direction de Georges. Les ouvriers
étaient embrigadés. Lui-même travaillait
comme quatre, était partout, voyait tout.
On le reconnaissait de loin, à sa blouse
bleue, se hasardant sur les poutrelles,
mesurant, calculant, donnant des ordres.
La maison Cail elle-même ne chômait pas.
On avait commencé aussitôt toutes les pièces arrivées. Les morceaux préparés d'a-
vance s'encastraient les uns dans les autres, se boulonnaient ensemble, se reliaient
avec une admirable précision, qui nécessi-
tait à peine, çà et là, quelques coups de lime
rapidement donnés. Une forge provisoire,
établie dans le cas où l'on aurait eu besoin
de retouches, chômait presque. Georges

comptait être prêt au mois d'août ou au plus tard, au mois de septembre et pouvoir fonctionner tout de suite. D'un autre côté la récolte des betteraves promettait d'être belle dès la première année.

Un phénomène, prévu d'ailleurs dans l'esprit de Georges, mais dont il n'avait point parlé, s'était produit dans la campagne. La résistance opposée par certains colons à leurs propriétaires, qui voulaient faire des betteraves, avait été promptement vaincue. Les propriétaires s'étaient entendus et ils avaient bien fait. En quelques semaines cet entrain des grands fonciers avait gagné les détenteurs de petits fonds et même de parcelles. Ils suivirer 'le courant et l'exemple donné, et voulurent essayer. Que risquaient-ils, en somme ? Ils consacrèrent un bout de jardin, un coin de champ à la culture de la betterave sucrière. Ce fut chez Lambezat un défilé perpétuel, un steeple-chase à l'engrais. On se battit quelque peu pour arriver bon premier. Lambezat risquait de devenir un Law et sa rue d'être une rue Quincampoix. A

peine pouvait-il suffire aux demandes
d'engrais spéciaux dont l'usine exigeait
l'emploi, et le chemin qu'il connut le mieux
fut le chemin de la gare des marchandises.

L'analyse de ces engrais avait pris un peu
de temps à Georges, qui ne se plaignait
pas. Ses nuits seules en souffraient.
D'après l'élan donné, on pouvait prévoir
d'avance que l'approvisionnement de l'année serait plus que suffisant. D'un autre
côté, Philippe avait si habilement manœu-
vré, que, déjà, des tas énormes de bois,
écorcés ou non, s'entassaient derrière la
tannerie et la scierie. Il avait acheté cent cinquante mille francs une portion de forêt, et
trouvait déjà plus de deux cent mille, au
détail, du sol mis à nu et divisé en parcelles. Cette seule opération, avant tout travail commencé, et sans compter la valeur
des bois coupés, donnait déjà un dividende
de plus de deux pour cent, d'un seul coup,
et presque à ne rien faire. Il faut y ajouter
le curage et le fagotage des bois achetés,
qui, au prix de dix et douze francs le cent
de fagots, rapportait encore quelques mil-

liers de francs. La sciure devait être trans-
portée à la tannerie, ainsi que les écorces,
jusqu'à concurrence des besoins ; le sur-
plus vendu.

Le pays est peuplé d'une quantité considérable de petits bouchers qui tuent tous
les jours pour envoyer à Paris. C'était là,
pour la tannerie, un premier élément de
fournitures. Mais cela n'aurait pas suffi,
quoiqu'elle fut montée sur un moins grand
pied que l'usine à sucre. Georges s'était
entendu avec les maisons Clarkson de
Philadelphie et Robledo frères et · Cie de
Rio-Janeiro, pour l'envoi de peaux sèches
ou salées. Il voulait d'ailleurs borner le
travail à une spécialité. La cordonnerie et
la molleterie. En outre, les débouchés étaient
prêts pour chacune des industries entreprises.

Sauf ces grands propriétaires, dont nous
avons parlé, et qui, comprenant rapidement les avantages d'une telle situation
avaient marché tout de suite, le reste des
habitants du pays s'était jeté dans l'opposition. Ils regardaient avec une sorte de

stupéfaction bête, ricaneuse et pleine de
dédains, cette maison en fer, qui se bâtissait si prestement. Cela leur paraissait
le comble du délire. Bâtir en fer, quand
on a la pierre sous la main ! « Ça n'était pas
solide, et trop froid : la rouille se *man-
cherait* dedans ; et puis, pourquoi ne pas
employer le bois qui est si bon marché ?
C'était bien ne pas vouloir faire gagner le
pays. » Le pharmacien et sa femme, qu'on
n'avait pas appelés au partage des bénéfices
futurs, se montraient les plus enragés. L'œil
droit de madame Pas-de-Chance, en regardait le ciel avec plus de fixité encore. Leurs
déclarations, voilées sous une sorte d'intérêt qu'ils semblaient porter à Philippe
étaient répétées, insinuantes, presque im-
posantes. Ils s'appuyaient sur des chiffres.
C'était une folie de dépenser quatre cent
dix-huit francs d'engrais, par hectare, pour
une récolte complétement aléatoire. Pas-
de-chance, qui, à cause des annonces nombreuses qu'il insérait dans le journal de
l'arrondissement, avait le droit d'y écrire
quarante lignes, en abusa. D'après lui, les

betteraves ne réussiraient pas dans le
pays: le sous-sol argileux arrêterait leur
développement; les sels minéraux, absor-
bés par la plante, seraient préjudiciables à
l'exploitation de l'usine; c'est à peine si on
trouverait quatre ou cinq pour cent de
rendement en sucre, sur onze pour cent
que l'on espérait : l'usine chômerait pendant huit mois de l'année, les betteraves
sucrières ne se conservant pas. Où trouver,
enfin, les trente millions de kilogrammes
de racines nécessaires à l'exploitation ?

Ces articles non signés avaient jeté l'a-
larme, le trouble dans la conscience des
actionnaires. Ils étaient lus et commentés
par la malignité publique. Les femmes, sauf
Claire et Madeleine, plus intelligentes, et
Valentine, plus confiante, ne voient pas
avec plaisir l'argent commun s'engager
dans l'aléa des entreprises nouvelles. Elles
étaient inquiètes et nerveuses, et n'avaient
pas la foi. Il fallut une réponse très-nette,
très-énergique et très-catégorique de Georges dans le même journal, pour ramener
la sérénité dans les esprits. Encore cette

réponse même eut-elle ses péripéties !
Les huissiers s'en mêlèrent. Le pro-
priétaire - imprimeur - éditeur - homme de
lettres de l'*Avenir de Saint-J...* ne céda qu'à
la force des sommations. On s'aperçut
bien que Saint-J.., avait un *Avenir*, que
nous étions en République, que cet *Avenir*
était républicain et que Georges ne l'était
guère. Ce crime impardonnable lui coûta
trente sept francs cinquante de papier tim-
bré, mais sa réponse fut insérée, et Pas-de-
chance battu à plate couture, ce dont il
enragea. D'autant plus, que, se croyant
sûr du triomphe, il s'était déclaré à huit ou
dix personnes, sous le sceau du secret,
l'auteur des articles d'attaque. Il dut imiter
dès lors, de Conrard le silence plus que
prudent.

Le clergé, aussi, s'était mis en campagne.
Non pas par lui-même, son règne n'est pas
de ce monde, mais par l'intermédiaire des
âmes dévotes qui l'écoutaient. On ne voyait
pas d'un bon œil l'invasion d'ouvriers
dont la construction des usines menaçait
le pays. De vieux préjugés, des craintes

se réveillaient. On insinuait, tout bas, que c'étaient des impies qui troubleraient, ou ne respecteraient pas la majesté du dimanche; des prétextes à cabaret. Le cabaret, en effet, tue l'église. La vertu des femmes et des filles ne serait plus à l'abri, ce qui en faisait sourire quelques-unes. Ils apporteraient des doctrines socialistes et anti-religieuses et corrompraient tout autour d'eux. Cela était bon pour les grandes villes où leurs vices se perdent dans les débauches de marchands de vin et de filles perdues. Mais ce qui touchait le plus les femmes, c'était de n'être plus à l'abri.

Tous ces bruits percèrent, transpirèrent, arrivèrent jusqu'à Georges qui, cette fois-ci, répliqua en publiant le règlement sévère de l'usine avec ses commentaires. Ce règlement inexorable comme une loi militaire, ne permettait pas une faute, par une incartade, sous peine de renvoi. Les ouvriers ne quittaient pas l'usine de toute la semaine. Les fournisseurs apportaient le pain, la viande, les légumes. Le vin étaient vendu sur place, au prix de revient sans qu'aucun

ouvrier put en avoir plus d'une quantité
largement déterminée par chaque membre
de sa famille. La liberté était seulement
accordée, le dimanche, à ceux qui n'étaient
pas de service, mais sans qu'on se départ-
tit, pour cela, d'une surveillance rigoureuse.
Ceux qui ne voulaient pas se soumettre aux
duretés draconiennes de ce règlement
n'avaient qu'à s'en aller, ce qu'ils faisaient,
et on les remplaçait.

XXV

Le tapage fait autour de l'établissement
de l'usine, nouvelle pour le pays, donna
à cette dernière une certaine notoriété. Les
journaux de Paris s'occupèrent de la lutte
et donnèrent raison à Georges. On essaya
d'établir une concurrence. Mais les propriétaires, engagés avec la société, refu-
sèrent de stipuler ailleurs. Des gens venaient
des environs voir les travaux, se mêlaient
aux ouvriers, leur donnaient du vin, qu'ils
apportaient dans leurs voitures. Madeleine
s'y rencontra un jour avec Puygirard. Ils
causèrent longtemps, prirent rendez-vous
et promirent de s'écrire de nouveau. Ces

encombrements gênaient Georges. Il fit
impitoyablement défendre l'entrée des
chantiers et les fit entourer de planches.
On ne vint plus, ou on vint moins. Mais ce
mystère parut suspect et les clabaudages
recommencèrent.

Cette fois, ce fut a mi-voix, dans les salons, sur le pas des portes, à la sortie des
offices, à la promenade, au café, en jouant
le traditionnel bézigue à quatre, le soir, le
jour, partout. L'ignorance où l'on était
maintenant des progrès des travaux exci-
tait la curiosité. Seules, Madeleine, Claire
et Valentine avaient la permission d'entrer.
Pourquoi? La situation des intéressés n'expliquait pas cette préférence. La voix publique imagina des hypothèses, créa des situa-
tions. D'abord, on ignorait ce qu'était Georges Hériart, d'où il venait, ni ce qu'il voulait. La pharmacienne, qui avait, en secret,
offert inutilement cinquante francs de prime par action, pour avoir un pied dans
l'entreprise, paraissait la plus modérée. Au
fond, elle était la plus cruelle, et se fit la
vengeresse d'elle-même et de son mari. Elle

raconta la scène du bain, l'arrivée de Georges, l'insulte à Pas-de-Chance, insulte qui
eut été violemment réprimée sans l'interven-
tion des assistants. On connaît le caractère
bouillant de M. Jappeloup. Elle dit aussi
l'accueil fait à l'intrus par Madeleine.
Les vieilles filles, car il y a toujours, on
n'a jamais su pourquoi, un fonds de
vieilles filles dans les sociétés de province,
levaient les yeux au ciel et soupiraient
douloureusement derrière leurs doigts
écartés.

Les insinuations de la pharmacienne devinrent, avec le temps, des faits. La rencontre passa pour avoir été concertée.
Madeleine et M. Hériart se connaissaient
d'avance. Cela s'était bien vu aux regards
de madame Erveu, et à la rougeur de
Valentine, qui, évidemment, savait quelque
chose. Cette petite n'était pas si innocente
que cela et on apprend beaucoup dans les
couvents de grand'ville. Placée entre son
beau-frère et sa sœur, il n'était pas étonnant
qu'elle prît le parti de celle-ci. Son mariage,
ce fameux mariage, que tout le monde

attendait et qui ne se faisait jamais, était
une frime pour tromper Philippe. Puis, on
discutait les moyens de faire cesser ce
scandale. On nomma Lambezat: Lambezat,
comme trouvaille, était déjà pas mal. Mais
la commission était délicate: il en pouvait
résulter une brouille et Lambezat avait de
trop grands intérêts à ménager. Il refusé-
rait. Il en serait de même de Claire. La
pharmacienne, après s'être avancée, se
déroba. La femme du médecin prétexta une
trop grande sensibilité et on chercherait
encore, si tout à coup quelqu'un n'eut
dit:

— Il n'y a que monsieur le curé !

Cette idée parut lumineuse. Il parlerait
d'abord à Madeleine, puis à Claire. De
grandes fêtes religieuses approchaient et
l'ombre du confessionnal était propice à une
admonestation paternelle. Si cela ne suffisait pas, il irait jusqu'au mari, qu'il averti-
rait, et, enfin, si le curé refusait, une bonne
lettre, non signée, ferait toute l'affaire. La
proposition fut votée par acclamation. On
alla aux voix, et la pharmacienne et les

deux demoiselles Courtenbois, professeurs
de dessin de tête et de calcul différentiel et
intégral à l'usage des jeunes demoiselles,
furent chargées d'aller trouver le directeur
spirituel de la paroisse.

XXVI

Les deux demoiselles Courtenbois étaient
parisiennes. Accueillies d'abord avec une
défiance toute provinciale, elles surent bientôt, par leur piété, se concilier tous les
cœurs. L'aînée, Azorine Courtenbois, était
musicienne et tenait l'orgue aux jours de
fêtes. Le bruit courait, mais tout bas,
qu'elle avait professé aux Oiseaux, où elle
avait donné pendant longtemps des prin-
cipes de saxophone. Cela ne paraissait pas
ridicule. L'autre, Armanda, bachelière ès-
sciences naturelles et en théologie, reçue à
Jersey, par l'intermédiaire du docteur Cra-
forus, faisait de l'algèbre, ce qui paraissait
très-fort pour une femme. Toutes deux

vivaient unies, et aimaient la toilette à la
façon des négresses. Il n'y avait rien de trop
voyant pour elles et elles paraient leur
virginité comme un objet remarquable,
comprenant bien qu'on ne peut la conser-
ver si longtemps, que par un miracle d'en
haut.

Le salon du curé leur était connu. Elles
y allèrent tout droit, et attendirent sa
venue, dans la grande pièce froide et strictement meublée. La boiserie grise jetait
sur les chaises de paille une teinte morne
et sèche. Celles-ci, régulièrement rangées
le long d'une traverse protectrice, placée
entre elles et la muraille, ne rompaient leur
monotonie placide que pour faire place à
un prie-dieu et à une table en bois blanc.
Pas de glace sur la cheminée, pas de
tableaux aux murs; mais un grand Christ
s'élevant entre deux globes de verre, recou-
vrant des fleurs artificielles, mais une mauvaise lithographie de la Salette, et la repré-
sentation, par ordre d'ancienneté, des différents ordres religieux du monde, peints
de ces couleurs crues et dures qu'on re-

trouve dans ces portraits de légumes que
Vilmorin vend aux épiciers. Les rideaux
de mousseline blanche, relevés par des
embrasses rouges, sur de simples crochets,
laissaient voir le jardin dessiné à la française, avec ses buis taillés court, ses statues
de la sainte Vierge et de saint Joseph aux
entre-croisements, et au fond, une imitation,
en ciment romain, avec statuette, eau cou-
rante et piscine, de la grotte de Lourdes.
Dans ce grand salon vide, sans tapis, où
les boiseries craquaient avec des détona-
tions subites, où l'on sentait tomber sur ses
épaules comme un manteau de glace, le
bruit des pas, des chaises remuées, atteignait
une sonorité particulière, intense, réson-
nante, qui faisait qu'on n'osait marcher.

Malgré cette intimidation silencieuse des
choses froides, les demoiselles Azorine et
Armanda Courtenbois avaient l'air d'être
chez elles. Elles prenaient, avec le mobilier,
des attitudes de vieilles connaissances. Le
luisant du parquet, le vernis bien essuyé
des chaises, leur paille jaunâtre leur cares-
saient les yeux. Tout cela était plein de petits

souvenirs particuliers, surtout pour Azorine qu'en sa qualité de cordon bleu, le curé
envoyait chercher toutes les fois qu'il avait
quelqu'un. Un jour, Monseigneur s'était
agenouillé à ce prie-dieu, et c'était sur la
troisième chaise de droite, que le révérend
père X... avait accoutumé de s'asseoir,
quand il venait prêcher l'Avent. Les mains
d'Azorine, noueuses, ramassées dans je
ne sais quel ossuaire, et qui avaient pris,
au toucher de l'orgue, l'habitude des doigts
démesurément ouverts comme ceux des
fantassins, venaient, par un geste sec et
dominateur, à l'aide de ses nombreux souvenirs personnels. Elle en avait recueilli
beaucoup, car, il n'y avait, sans elle, ni
bonne conférence, ni bonne réception ecclé-
siastique. Quand elle racontait, tout remuait
chez elle, ses lèvres, ses yeux, son front,
ses badigouinces, et les choses spirituelles
qu'elle croyait avoir dites étaient lourde-
ment soulignées par le rire enfantin de sa
sœur, semblable aux hi, hi! des imbéciles
qui rient.

Le curé entra. Il devina tout de suite une

députation dans cet attriplement de personnes qu'il connaissait bien.

— Monsieur le doyen, commença Azorine.

— Veuillez vous asseoir, mesdames, dit
le prêtre et me dire ce qui me vaut le plaisir, trop rare, de votre visite.

La pharmacienne prit la parole.

— Votre accueil, monsieur le doyen, dit-
elle, nous met à l'aise : il s'agit d'une mission délicate.

— Délicate ! Pour qui ? demanda le
curé.

— Pour tout le monde, monsieur le
doyen. Une de vos paroissiennes, sur laquelle vous avez de l'influence, — comme
sur nous toutes, — suit une pente dangereuse.

— Dites le mot, ma chère amie, reprit
Azorine. c'est un vrai scandale.

— J'en rougis, soupira Armanda.

— Ce n'est pas, dit la pharmacienne,
encore un scandale. Plaise à Dieu qu'elle
s'arrête là! Mais cela pourrait en devenir
un. Il y a des intimités regrettables, et

celle d'une jeune femme avec un jeune étranger...

— Joli garçon, interrompit Azorine.

— Spirituel! fit Armanda.

— Inconnu,

— Mais aimable,

— Bien habillé,

— Parlant bien,

— Bien posé,

— Distingué,

Cette pluie d'épithètes venait du couple Courtenbois, qui alternait comme un chœur antique.

— Pardon! dit le curé, de qui parlez-vous ?

Les trois femmes se regardèrent. Elles n'avaient pas songé à cela, qu'il faudrait nommer quelqu'un et que la dénonciation ne pouvait être anonyme, ayant supposé que le curé, comme ça, tout d'un coup, connaîtrait les masques et rentrerait dans leurs vues.

Ce fut la pharmacienne qui reprit la parole :

— Le bruit commence à en courir, dit-

elle. Quand il passe, on lève le coin des
rideaux pour le voir. Cela fait naître chez
nos filles des curiosités malsaines et est
plus dangereux qu'un livre d'amour.

Madame Pas-de-chance souffla. Les Courtenbois commençaient à l'admirer. Elle
continua :

— C'est à vous, monsieur le doyen, d'y
apporter le remède que vous suggérera
votre haute expérience.

— Mon expérience veut bien, madame,
dit le curé, chercher tous les remèdes nécessaires à soulager les âmes souffrantes,
et le tribunal de la sainte pénitence est
ouvert à tous ceux qui viennent y demander
un pardon, que Dieu ne refuse jamais aux
âmes véritablement repentantes.

— Aussi viendra-t-on certainement, dit
la pharmacienne, vous y trouver, et nous
comptons sur vous pour faire cesser un
état de choses qui trouble une âme honnête.

Depuis un instant une idée travaillait l'esprit du prêtre. Il se figurait que madame Jappeloup venait pour elle-même. Quelque habi-

7

tuel que soit en province ce genre d'inter-
vention dans les affaires du voisin, il n'y
songeait pas. Seulement il ne comprenait
pas pourquoi madame Jappeloup avait
amené les demoiselles Courtenbois. Peut-
être n'avait-elle pu les éviter. Il voulut en
avoir le cœur net, et il reprit :

— Je suis prêt à vous écouter quand
vous le voudrez.

Et se tournant vers les demoiselles Courtenbois :

— Quant à vous, dit-il, que puis-je faire
pour vous être agréable?

— Mais, fit Azorine troublée, nous ve-
nons pour la même « affaire! »

— Je ne comprends plus, dit le curé. Pour
quelle même affaire venez-vous? Il ne s'agit
donc pas de madame?

La pharmacienne bondit sur sa chaise.

— De moi! monsieur le doyen, s'écria-
t-elle, de moi? l'avez-vous pu croire?

Un éclair traversa l'œil du curé. Il venait
de comprendre tout à coup et répliqua
sèchement :

— Mon Dieu! ma chère dame, on ne

vient pas généralement chez moi pour
s'accuser des péchés des autres.

Madame Jappeloup répétait avec désespoir.

— De moi ? quand il s'agit d'une coquette !

— D'une coquine ! corrigea Armanda.

— En état de péché mortel ! fit Azorine.

— Dont les toilettes, reprit la pharmacienne, nous scandalisent.

— Dont la conduite, dit Armanda.

— Et l'hypocrisie ! appuyait Azorine.

Madame Jappeloup lança le dernier trait.

— Une femme qui trompe son mari ! dit-
elle.

— Tout beau ! mesdames ! dit le prêtre,
et qu'est-ce que vous voulez que j'y fasse ?

— Mais vous le savez bien, fit Azorine.

— Et ce mari s'appelle ?

Toutes trois confidentiellement :

— Monsieur Erveu.

La conversation reprit entre le curé et
madame Jappeloup ; le premier interrogeant, l'autre répondant :

— Alors madame Erveu trompe son mari ?

— Sans doute !

— Avec?

— Avec M. Georges Hériart.

— Vous l'avez vu?

— Non ! mais...

— Quelqu'un l'a vu pour vous?

— Pas davantage, cependant,

— Cependant, vous le savez pertinemment?

— Pertinemment, est le mot.

— C'est un bruit public?

— Tout le monde en parle.

— Ce bruit public doit être basé sur quelque fait?

— Pourtant, monsieur, le doyen, dit la
pharmacienne qui s'impatientait.

— Pourtant, ma chère dame, reprit le
curé, je ne puis me charger, sans certitude, d'une mission aussi difficile. Il reprit :

— Où ce bruit public a-t-il pris son origine?

Madame Jappeloup répondait :

— Où tous les bruits publics la prennent.

— Mais, enfin, quelqu'un a-t-il surpris
un acte répréhensible pouvant faire sup-

poser quelque chose, et quel acte a été surpris ?

— Rien n'a été surpris encore.

— Alors, il n'y a rien ?

— La renommée...

Le prêtre interrompit.

— Je n'ai donc rien à faire, dit-il, car, croyez bien, chère dame, que si la renommée s'en mêle, et les renommées vont vite, très-vite, dans mon décanat, elle se chargera bien d'apprendre à M. Erveu le malheur qui l'a frappé.

XXVII

Les grandes fêtes religieuses attendues étaient précédées, accompagnées et suivies d'exhibitions foraines. A côté des géantes potelées, des Femmes-Torpille, des Hommes-Poisson, du Hérisson fantastique assassinant des nègres plus petits que lui ; des tirs à la carabine où des blondes fanées distribuent autant de sourires que de cartouches ; des chevaux de bois, avec leurs étriers pendants et leur queue imaginaire faite de trois poils mal assortis ; des loteries de porcelaines et de verreries ; des bals en plein vent, où des musiciens éclairés par quatre chandelles, appliquent leurs

lèvres bouffies aussi souvent aux goulots
des bouteilles, posées près d'eux, qu'à l'em-
bouchure de cuivre du cornet à pistons. A
côté des Hercules en caleçons et de leurs
femmes en maillot chair, non débarbouillées
depuis longtemps ; non loin, enfin de ces
exhibitions tapageuses et lumineuses, de l'é-
loquence des pitres, des fureurs des cuivres,
du roulement étourdissant des cymbales,
des grosses caisses et des voix humaines,
s'élevait le « théâtre Valentin ».

Le théâtre Valentin n'était pas un théâtre
comme les autres. Il n'avait pas d'enceinte,
mais une estrade en plein vent. Ecoutait
qui voulait, payait qui voulait et ce qu'il
voulait. Les lourds camions chargés, les
attelages suivant la grande route, qui
traversait la place en diagonale, n'inter-
rompaient pas la pièce commencée. Dès que
sonnaient huit heures, des deux voitures
jaunes à petites portières-fenêtres fermées
de rideaux, sortaient des musiciens habillés
en cosaques du Don; qui n'avaient pas,
disait le pharmacien Pas-de-chance, celui
de charmer : puis un allumeur de lampe

en mignon Henri III, avec la trousse : puis
les acteurs, qui jouaient tout le répertoire,
comédie, drame et opérette, pourvu que
l'habit noir n'y fut pas de rigueur. L'habit
noir était la pierre d'achoppement du théâtre Valentin. Tout le monde a un habit noir,
plus ou moins. Le théâtre Valentin n'en
avait ni plus ni moins. La raison était
qu'on ne fabrique pas un habit noir, comme
un costume moyen âge, et Dieu sait comment
on fabriquait des costumes moyen âge ! La
Tour de Nesle prêtait aux fantaisies les plus
étranges. Buridan y portait un chapeau
de paille de dix neuf sous, auquel un de
ses larges bords relevé et orné de plumes (?)
donnait un air mousquetaire. Il s'écriait,
dans un accès d'improvisation qu'expliquait son peu de mémoire : « Oh !! !! Elle a
assassiné mon frère ! C'est tro-crrible ! »
Avec des cris pareils aux notes hautes des
perroquets qui parlent. Le premier rôle
femme cumulait, faisait la cuisine, jouait
les duchesses non moins que les soubrettes
et disait la bonne aventure aux jeunes.
Le traître récurait les chaudrons à ses

7.

moments perdus, et l'amoureux tressait
des chaussons de lisière.

Cette troupe de cabotins dépenaillés,
puant l'eau-de-vie, infectant le tabac, suant
la misère, acquit vite une certaine réputation. Cela parut, pour certains; le suprême
de l'art dramatique, et l'on venait de loin
pour entendre le grand premier rôle
femme, s'écrier dans *Marion Delorme :*

Ton amour m'a r'tapé une verginité!

Les propriétaires des environs ne se faisaient pas faute d'accourir, dans leurs voitures, qu'ils laissaient dételées, autour de
la place, et qui leur servaient de premières
loges. Ils fumaient leurs pipes, se faisaient
apporter de la bière, et, ou écoutaient reli-
gieusement, ou parlaient à voix haute. Les
comédiens, cependant, les émouvaient quelquefois, malgré le déguenillé de leur mise
en scène et la liberté de leurs improvisa-
tions. La vulgarité canaille de celles-ci dis-
paraissait dans l'action générale. Certains
rôles retranchés, sans raccords, étonnaient

bien par leur absence, mais ne détour-
naient pas l'attention ; c'était comme ces
mouvements de prestidigitateur dont on
voit le résultat sans se rendre compte de la
façon dont il est obtenu, et ces comédies,
presque aussi rapiécées que les haut-de-
chausses des acteurs, ne laissaient pas
d'être intéressantes.

Puygirard y venait ; Madeleine aussi, accompagnée de Valentine. Lambezat, sa femme, Blanchemain et sa famille s'y rencontraient également. La pharmacienne voyait
et écoutait de chez elle. Quand Madeleine
savait y rencontrer Puygirard, elle prenait
le bras de sa sœur et s'écartait doucement
du troupeau des amis. L'encombrement de
la foule la servait. Elle se rapprochait des
voitures, tournant autour d'elles, cherchant
celle de Cyprien. Puis, quand elle l'avait
trouvée, comme par hasard, elle s'approchait, disait deux mots de politesse banale,
prenait adroitement sur le rebord de la
portière un billet placé là d'avance, et en
laissait tomber un autre au fond de la voiture. Ensuite, heureuse, enivrée, grisée par

cette escapade, pressée de voir ce qu'il lui écrivait, elle rejoignait les Lambezat et les Blanchemain, pour qui elle était d'une amabilité charmante et qu'elle quittait vite, sous prétexte de fatigue. Valentine ne voyait dans tout ceci qu'une promenade et des rencontres fortuites. .

Ce tournoiement régulier autour de la place, ces échappées presque quotidiennes avaient frappé la jalousie clairvoyante de Lambezat. Il ne pouvait ni quitter leurs amis communs pour la suivre, ni tenir sa femme au courant de ses soupçons. Il avait d'ailleurs fort bien remarqué que les rares fois où Madeleine ne s'éloignait pas, elle était nerveuse et sensible au moindre trait, et se promettait de s'en ouvrir à elle, ne s'apercevant pas de ses impatiences personnelles, que, de son côté, Claire voyait fort bien et dont elle devinait le sujet et la cause.

Un soir, cependant, que Lambezat donnait le bras à Valentine et qu'il faisait très-noir, Madeleine crut devoir se perdre seule. Tout d'abord, elle arriva à la voiture de

Puygirard, et voulant expliquer sa présence :

— Avez-vous vu Valentine ? dit-elle.

— Non certes, répondit Puygirard, et je regrette qu'elle soit toujours avec vous.

Madeleine comprenait à demi-mot : elle reprit :

— Vous avez à me parler, faites vite.

— Non, dit Puygirard, pas ici ! demain, à mon hôtel.

— Comment voulez-vous que j'aille à votre hôtel ?

— Comme vous voudrez ! mais il faut que vous y veniez.

— Ne pouvez-vous m'écrire ? vous le faites tous les jours.

— Ce que j'ai à vous dire ne s'écrit pas.

— Qu'est-ce qu'on dira si l'on me voit aller chez vous ?

— Absolument la même chose que si j'allais chez vous.

— Cela vaudrait mieux.

— Oui ! mais je ne pourrais vous parler.

— Est-ce donc si sérieux et ne pouvez-vous le remettre ?

— En aucune façon.

— Et si je n'y allais pas?

Un mauvais sourire passait sur les lèvres de Puygirard. L'amoureux, sur la scène, parlait de se tuer. Cela fit revenir à Cyprien un vieux souvenir de tragédie, un moyen toujours bon d'émouvoir les femmes : il répondit.

— Ah! j'en mourrai, madame !

— Bah! fit Madeleine; ne dites donc pas de sottises : on ne meurt pas pour ça !

— Vous le verrez bien.

— Je ne verrai rien, je n'irai pas.

Puygirard reprenait, affirmatif et passionné :

— Vous viendrez. Je vous aime éperdument, et je vous veux toute entière, palpitante, âme et chair, cœur et muscles. Ne m'aimez-vous point vous-même et voudriez-vous me refuser? A deux heures ! La foule vous protégera. Vous passerez inaperçue, même dans l'hôtel.

— Non ! jamais ! je n'irai pas. Je ne veux pas y aller. Brisons-là ! Voulez-vous? C'est assez. Si on nous découvrait !

— Chut! quelqu'un! fit Puygirard, on
vous cherche.

— Vous voyez bien! déjà! reprit vivement Madeleine.

Lambezat et Valentine, suivis de Claire,
arrivaient.

XXVIII

Grand guérisseur de bestiaux, grand trou-
veur de fontaines, le berger Saint-Mélézi, auquel, suivant un prêtre de notre connais-
sance, Dieu envoyait, tous les matins, par un
de ses anges, une tasse de chocolat Perron,
— pas Ménier ! Ménier est radical, et son chocolat ne plaît pas à Dieu, — le berger Mélézi,
dis-je, vivait au troisième siècle de notre
ère plus romaine que catholique. Il joignait,
dit la légende, à son amour des bêtes un
grand besoin d'instruction, et faisait chaque jour, sur l'aile rapide du vent, ses quarante lieues, aller et retour, pour aller écouter les leçons de l'instituteur de Limonum,
autrement dit : Poitiers. Cette préférence,

peu flatteuse pour l'instituteur de son village, et ces voyages journaliers et peu fati-
gants, n'empêchaient pas son troupeau de
se garder tout seul. Ce qui était déjà un
miracle, à une époque où il y avait plus de
loups que de louvetiers. Cela fit la réputation du saint vétérinaire. Je dis : vétérinaire, à cause de son expérience dans l'art
de guérir les bestiaux. Le paysan, encore
aujourd'hui, qui craint pour les jours d'un
habitant de ses étables, ne manque jamais d'aller faire, tête nue, chapelet en
main et en plein soleil, autour de la fontaine de Saint-Mélézi, une promenade d'une
lieue. La bête ne guérit pas, mais l'homme
y attrape parfois une insolation. C'est toujours ça de gagné.

Mélézi n'était pas seulement un berger
recommandable ; il montra après sa mort,
qu'il était également un guerrier valeureux.
Les Anglais, qui assiégeaient Saint-J... au
quatorzième siècle en savent quelque chose.
Les Anglais de ce temps-là étaient, si l'on
en croit la chronique, des routiers di primo
cartello, grands pilleurs de bestiaux, grands

brûleurs de villes, grands violeurs de femmes et de filles, en un mot, de vrais pen-
dards, dignes de la corde. C'est pourquoi
Mélézi, qui ne se souciait pas que sa ville
fut brûlée, ni ses clientes endommagées,
descendit une nuit dans leur camp, et,
par des moyens à lui, leur fit faire un quart
de conversion, vivement exécuté. Comme
ils étaient en état de péché mortel, il eut
préféré, en sa qualité de saint, une conversion toute entière. Mais il ne faut pas
trop demander et les habitants de Saint-J...
n'en voulaient pas davantage. Aussi, par
reconnaissance, instituèrent-ils en son honneur, une sorte de procession guerrière qui
se renouvelle tous les neuf ans.

Madeleine sortit vers une heure, avec
Valentine, sous prétexte d'aller recevoir
la bénédiction sur la Grand'place, où l'on
avait élevé un reposoir à colonnes, dont la
charpente était dissimulée par un feuillage.
La tête de la procession y arrivait déjà.
Madeleine longea la file des jeunes filles en
bleu, chantant des cantiques d'une voix de
tête fausse et criarde et des hommes armés de

fusils, se dandinant en cadence, dans des costumes militaires de tous les âges. Revers rouges des gardes françaises, buffleteries blanches du premier empire, shakos évasés de la
restauration, habits de gardes nationaux, et
passementeries jaunes des chasseurs de ce
temps ; on y voyait de tout. Valentine, un
peu étourdie par le bourdonnement des
chants religieux, le sifflement aigu des fifres,
le roulement des tambours et la sonnerie
éclatante des clairons, suivait avec peine sa
sœur, qui se dirigeait vers la maison de
madame Jappeloup. Elle y resta, tandis
que Madeleine, prétextant une ou deux
courses, dit qu'elle allait revenir, et s'enfuit.
Pas-de-chance était avec la fanfare de la
ville, dont il faisait partie.

L'affluence mouvante de la foule la sau-
vait. Elle se déroba, plutôt qu'elle n'entra
sous le porche de l'hôtel de Puygirard, sans
que personne ne remarquât ni sa lèvre fré-
missante qu'elle mordillait un peu, ni son œil
inquiet, qui se coulait, pour voir si elle n'é-
tait pas reconnue, vers les groupes des hommes en blouse bleue, des femmes de campa-

gne en cape noire et en cayon blanc, des
propriétaires en paletot, fumant des pipes
au tuyau cassé ras. Elle connaissait l'hôtel,
y ayant eu une amie logée pendant quelque
temps, et monta droit à la chambre occupée
par Cyprien.

Celui-ci tambourinait, en regardant la
rue, contre les boiseries dépareillées, rap-
portées là par un aubergiste peu soucieux
de l'élégance. Le lit défait, et non encore
relevé, à cause de l'encombrement du jour,
conservait l'empreinte flasque de son corps,
sous les rideaux de coton jaune safran
brodés, du haut en bas, d'une passemente-
rie bleue. La chambre avait une vague
odeur de tabac à fumer et de renfermé
moisi avec ses candélabres sans bobèche
et sans bougies, représentant des fleurs
mystiques épanouies, et son édredon à ra-
mages, où des perroquets rouges, monstrueux, se rengorgeaient sur des chênes
aussi verts que microscopiques. Des vêtements pendus au mur, une malle ouverte
sur deux chaises rapprochées, un secrétaire
vide dont le maître d'hôtel avait la clef, et

c'était tout. La banalité désolante des chambres d'hôtel suait par le commun des meubles, le bien-être absent et les adresses de maisons de commerce, collées par les commis voyageurs sur le poli de la glace, où elles faisaient des taches chromolithographiées.

En entendant ouvrir et fermer la porte, Puygirard ne se détourna pas, et, croyant que c'était la bonne qui venait faire la chambre, il dit simplement :

— Entrez, la fille !

Madeleine s'était arrêtée.

— C'est moi, dit-elle.

— Pardieu, madame, reprit Puygirard avec empressement, je n'osais guère compter sur vous.

— C'est pour cela que vous m'attendiez ?

— L'espérance est la dernière amie qui nous quitte.

— Alors, dit Madeleine, mettons que vous m'espériez et que vous ne m'attendiez pas.

Puygirard était allé fermer la porte à

clef, et revenant vers Madeleine, d'une voix
caressante :

— C'est sans remords que vous êtes venue, Madeleine?

— Sans remords !

— Et sans regrets ?

— Et sans regrets ! avec le calme du fait
accompli. Que voulez-vous? je suis une
femme singulière et crois qu'il n'y a que
l'indécision seule qui trouble.

— Alors, vous m'aimez?

— Non !

— Mais vous m'aimerez ?

— Je ne sais. D'ailleurs, reprit-elle, cela
dépend de vous et je ferai mon possible.

— Pourquoi donc êtes-vous venue?

— Ne m'aviez-vous pas dit de venir ?

— C'est que je vous aime, moi !

— Eh ! grand enfant, reprit Madeleine,
est-ce que je serais venue si je ne t'aimais
pas ?

— Vrai?

— Vrai ! sur mon âme ! et toi?

Ils étaient face à face, les mains dans les
mains : Madeleine un peu cambrée en ar-

rière, regardant Puygirard, qui l'attirait
doucement à lui. Il l'embrassa sur ses lèvres,
froides encore, mais qui s'entrouvrirent,
comme dans un spasme, sous l'haleine ardente du baiser. Des désirs troublants lui
couraient sous la peau, des pieds à la tête,
avec de petits frissons, qui lui faisaient tout
le long des reins et des hanches, comme
une sensation d'eau ridée par le vent. Les
yeux fermés, elle se laissait faire, radieuse,
enivrée, transfigurée par ce parfum nouveau
de l'amour nouveau, qui naissait chez elle.
Puygirard lui parlait, avec le sourire équi-
voque des libertins blasés, la plus douce des
musiques. Il l'avait doucement, sans qu'elle
s'en aperçut trop, assise sur ses genoux.
Madeleine l'écoutait, bercée par le retour
de certains mots. Pendant qu'il parlait, ses
mains s'égaraient. L'une d'elles, prenant la
taille, et passant par-dessous le bras, remon-
tait légèrement le long des seins fermes et
souples. L'autre, comme celle de Tartuffe,
soulevant l'étoffe de la robe, laissait voir à
Puygirard un bas de jambe qui lui mettait
un feu clair dans les yeux. Il continuait de

parler, ne voulant pas, par une interruption, attirer l'attention de Madeleine, mais
il parlait sans conviction, en homme qui
a tout blagué dans la vie. L'autre ne s'en
apercevait pas et ne songeait qu'à ce qu'elle
ressentait, qui lui remplissait l'âme et la
lui faisait fondre en un immense attendris-
sement de femme ensaoûlée de sa passion,
d'ivrognesse d'amour. Les mains continuaient leur manége, remontant de plus
en plus, avec des crispations caressantes,
énervantes et calculées, jusqu'au cou, où
l'une d'elles dégrafa sournoisement le premier bouton du corsage.

Madeleine, debout, dit :

— Non ! pas ça !

— Quoi donc, alors ? fit Puygirard.

— Je suis attendue, le temps me presse.
Je ne puis vous donner que quelques instants, mais pas ça ! jamais ça !

Et comme Puygirard la regardait stupéfait, elle reprit, avec cette voix rossignolante
de contralto, un peu voilée, qu'elle avait.

— Je suis à toi ! je t'aime ! serais-je venue,
sans cela ? Voilà que je me répète : ne me

7"

demande rien. Nous trouverons bien des heures plus longues, plus heureuses. C'est si bon d'être ensemble! Nous pourrons nous rencontrer ailleurs, à R., par exemple. Si la bonne de l'hôtel allait rentrer! Et Valentine qui m'attend là-bas! On est si méchant. Ne dis pas non! si tu savais comme je t'aime!

Puygirard, en lui-même pensait :

— Bégueule, va!

En province, la vie religieuse est publique: elle se rencontre partout : elle est dans tous les actes de la vie, et se lie intimement, par sa publicité même, par les habitudes et je ne sais quelle sorte de respect humain religieux, à l'existence toute entière. Il était dit que Madeleine en rencontrerait partout, au moment de sa chute, la manifestation extérieure, comme lors de la scène du billet qu'elle cachait dans son manchon. Dans les petites villes où l'Eglise domine la ville, elle domine aussi la vie.

Sur la place un grand silence se fit. La foule compacte, serrée, des fillettes en bleu, et des hommes avec leurs fusils au pied,

se refoulait, non sans murmures. Les prêtres, en dalmatique, montaient les degrés
du reposoir, escortant le doyen qui portait le Saint-Sacrement. Aux épouvantables
tapages de la procession avaient succédé le
bruissement des basses tailles, et le rhythme
merveilleux et solennel du chant Grégorien.
Entonné par cent voix, l'hymne sublime du
Tantum ergo planait sur des milliers de
têtes inclinées et sur la foule à genoux dans
la poussière. Le prêtre, debout sur l'estrade,
ses deux mains soutenant le lourd osten-
soir d'or, traçait, avec le corps du Christ,
sur la multitude prosternée le signe de la
Rédemption, pendant que, tout à coup, au
signal d'une épée qui se lève, les fanfares
éclatent, les tambours battent aux champs,
se mêlant dans le désordre d'une harmonie indescriptible et saisissante à la mélopée
aiguë des cantiques d'allégresse.

— Ah! Dieu! dit Madeleine, en arrivant
quelques instants après, toute rougissante
et essoufflée chez madame Pas-de-chance!
Ah! Dieu! cette foule! J'ai cru ne pouvoir
jamais passer.

Puis après quelques paroles de politesse.

— Viens-tu, Valentine ?

— Comme c'était beau ! disait Valentine ;
et comme ça fait du bien de prier Dieu !
n'est-ce pas, grande sœur ?

———

XXIX

Philippe courait au profit de l'association, achetant, revendant, trafiquant, entas-
sant les réserves de travail pour les fabriques. De ces courses presque quotidiennes,
dont quelques-unes duraient plusieurs
jours, il revenait harassé, éreinté, n'en
pouvant plus, avec des palpitations vio-
lentes, pour lesquelles il avait commencé
le traitement ordonné par le docteur Blanchemain. Il le suivait exactement, absor-
bant la digitaline sous forme de solution
alcoolique, qu'il trouvait plus commode à
emporter et plus facile à prendre. La petite
fiole, bouchée à l'émeri et renfermée dans son
étui de bois, ne le quittait jamais. *Il en*

7***

avait de plus une réserve sur la cheminée de sa chambre, à lui, qui n'était plus, celle de Madeleine. Comme il rentrait tard et travaillait souvent fort avant dans la nuit, Philippe avait été le premier à demander cette modification à la vie commune. Il en avait fait d'ailleurs, dans l'intimité de sa conscience, une question d'amour-propre, sentant bien que Madeleine ne l'aimait plus. Il va sans dire que, de son côté, sa femme avait accepté, avec une joie secrète, cette modification depuis longtemps désirée.

Philippe avait pourtant gardé, pour Madeleine, toutes les tendresses de la première heure, non encore attiédies par ce je ne sais quoi qui tient à l'habitude de l'existence ensemble. Il lui rapportait, de ses nombreux voyages, de vieilles faïences découvertes dans les fermes, un meuble curieux, une sculpture d'artiste inédit, des petits souvenirs de tout genre, et jusqu'à des gerbes de ces grands géraniums roses et de ces anémones gigantesques qu'on trouve dans les bois. Il s'attardait à les lui cueillir, y mêlant, suivant la saison, des

branches entières d'épines fleuries, de longs
brins de chèvrefeuille et des bouquets de
cerises sauvages, au risque de se perdre
au retour, lui et sa voiture, dans les chemins
de traverse. Son cœur éprouvait des ravis-
sements exquis, lorsque Madeleine trouvait
que c'était « joli ». Ce grand enfant avait
l'âme faite de sensibilités tendres. La moindre bonne parole, à lui qui n'y était plus
habitué, le rendait heureux et fier pour tout
un jour. Ses mains, durcies par les froids
durs de l'hiver et les baisers brunissants du
soleil, comprimaient une poitrine remplie
de délicatesses infinies et d'une confiance
inaltérable.

D'un autre côté, Puygirard n'empêchait
pas Lambezat. Ce dernier, avec ses grosses
brutalités, tournait au mari. Ce que Philippe
ne voyait pas, il le devinait, et faisait à
Madeleine, dont il s'était créé le surveillant,
des scènes atroces, où il se dévoilait, disant
ce qu'il avait fait, quelles choses il avait
surprises, ses soupçons, ses craintes, ses
rancœurs. Madeleine ne s'en tirait souvent qu'avec le moyen usé et dangereux des

crises de nerfs à moitié simulées, car en
réalité, il l'assommait. Le gros Orlando en
profitait sans vergogne et signait avec
Madeleine une paix boiteuse, résultat forcé
de ce qu'il appelait, en son for intérieur et
dans son langage canaille souvent, des «en-
gueulades bien senties ». — Mais s'il avait
le corps souple, aux chairs potelées, dans
lesquelles ses gros doigts laissaient des
marques bleuâtres, rougies sur leurs bords,
il n'avait pas l'âme. Celle-ci appartenait à
Puygirard. En quelques semaines, une
passion était née chez Puygirard pour
Madeleine, passion où le cœur n'était pour
rien. La satisfaction des appétences physiques, la vanité d'avoir pour maîtresse une
femme d'un monde coté, quand on n'a connu
que les demoiselles de Bullier ou les bergères
de Puygirard, pesaient d'un certain poids
dans la balance. Ce bohème était considé-
rablement flatté. Aussi, cherchait-il Madeleine, qui le cherchait également. Celle-ci
prétextait des voyages, des envies de s'a-
muser, des trompe-l'ennui, des besoins nouveaux d'aller à *la ville*, pendant que Phi-

lippe travaillait à se tuer. Maintenant qu'il
la laissait seule à la maison, elle ne savait
que faire. Puygirard, averti par un billet,
partait de son côté et se retrouvait avec
Madeleine, par hasard, dans le même hôtel.
Ils se saluaient, sans rougir, devant les
garçons en veston noir, toujours curieux
de ces rencontres inattendues. Le temps
avait accompli son travail désorganisateur
de la conscience; la gangrène s'y était mise,
et le mal faisait des progrès sans que Madeleine s'en aperçut.

Dans les deux mois qui suivirent les fêtes
de saint Mélézi, Madeleine fit huit voyages.
Quelques-uns ne duraient qu'un jour, un
jour complet, avec sa nuit; d'autres plus
longtemps. Mais l'hôtel les gênait; il les
avait gênés tout d'abord. On n'était pas libre.
Aussi, dès la cinquième entrevue, Puygirard avait-il trouvé un moyen terme, et loué
dans une rue écartée, une chambre meublée, à une femme qui faisait métier de bro-
canteuse et de beaucoup d'autres choses. La
porte dérobée, cachée dans l'éloignement
des becs de gaz, l'escalier étroit, presque en

échelle de meunier, donnant immédiatement sur la porte, le salon en damas rouge,
touchant la chambre à coucher, avec ses
lithographies galantes lui avaient paru
convenables à tous égards. Madeleine y vint
d'abord avec répugnance, mais dominée
par le besoin de garder le secret le plus
absolu. Puis, elle s'y fit peu à peu, ne
comptant plus avec ses dégradations suc-
cessives, heureuse d'y trouver Puygirard,
d'être attendue par lui. Elle se fit même à
l'idée que cela valait mieux que la chambre d'hôtel, que c'était un chez-soi mystérieux, inconnu, secret, une petite maison,
où l'amour, dépouillant son carquois et le
reste, prenait ses ébats. Elle y allait directement, voilée imperméablement, vêtue de
noir, ne laissant rien voir de sa personne,
et, une fois arrivée, s'y mettant à son aise,
plus que chez elle, — usant vis-à-vis de son
amant, d'une liberté plus grande que vis-
à-vis de son mari, sans oublier toutefois
d'employer l'arsenal des coquetteries féminines.

Une autre chose, dont elle ne s'aperce-

vait pas, c'est que Puygirard l'abaissait, la
diminuait dans ce qui lui restait de dignité
ancienne et inviolée. Il avait avec elle des
sans-façons de quartier latin, recherchant
le plaisir plus que l'amour et l'amusement
de ses passions plutôt que leur apaise-
ment. Habitué des nuits parisiennes, des
femmes savantes, des soupers fins et de
leurs conséquences pleines d'imaginations
fantaisistes, il s'ingénia à apprendre en quelques leçons à Madeleine ce qu'on pourrait
appeler les *monita secreta* du plaisir. La
discrétion, la gradation toute étudiée qu'il
apporta à cette éducation féminine, fit que
Madeleine ne s'en effraya pas, la curiosité
naturelle aidant. Elle voulait savoir, avec
cette persistance de recherches qu'ont les
femmes pour l'inconnu, se croyant assez
forte pour une résistance qui faiblissait
toujours, dès qu'elle se trouvait en face de
Puygirard.

Elle n'était pas arrivée, cependant, tout
d'un coup, il faut le dire comme circonstances atténuantes, à cet abaissement d'elle-
même. L'amour passionné, physique, qu'elle

éprouvait, lui laissait, quand elle était seule,
des heures froides, pendant lesquelles elle
se frappait la poitrine, se jurant, pendant
cinq minutes, d'être honnête, se promettant
de rompre, de redevenir une femme chaste,
dans tout le sens du mot. Mais ces bonnes
intentions duraient peu, fondues, pour ainsi
dire, par le souvenir des joies éprouvées.
Ses retours même à Puygirard, n'étaient
pas sans remords, quoiqu'elle s'y aban-
donnât avec joie. Elle luttait encore : néanmoins elle était toujours vaincue. Ses vic-
toires, ses derniers combats se trouvaient
être plus dangereux que des défaites, par
les défaites qui les suivaient. Ils ne la relevaient plus haut que pour rendre la chute
plus cruelle. C'était la campagne de France
non point de son honneur, mais de ce dernier reste de pudeur, qui se cache toujours
au fond du cœur d'une femme qui n'est
pas encore une fille : reste sacré, sans lequel tout relèvement est impossible, toute
rehabilitation intentable, après la perte duquel tout est fini, bien fini, tout à fait fini.

Madeleine, qui le sentait, n'allait à ces

rendez-vous que troublée, inquiète au départ,
mais toujours emportée, presque malgré
elle et tournant sa résistance non plus du
côté du mal qu'elle allait faire, mais contre
ses derniers remords. Dans cet étrange pro-
blème du cœur humain, sa volonté était
d'accord avec sa passion. Elle réagissait
contre elle-même, aggravant à plaisir les
torts de son mari, atténuant sa faute, jetant
dans la balance le plaisir honteux, coupable,
pris en cachette, dans une maison équivo-
que, où elle ne se rendait que de nuit, sous
l'anonymat du voile, dans des rues étonnées
de la voir passer, craignant les regards, se
dérobant, en montant en chemin de fer, aux
yeux qui la connaissaient, mais le plaisir,
enfin, avec le devoir austère. Puis, elle se
décidait quand même, faisant moralement
un large geste d'insouciance, et disant,
entre les dents, un « ah bah! tant pis! »
qui lui semblait, n'étant que la décision de
la faute, sinon son absolution, au moins
son atténuation.

En outre, Puygirard l'amusait; il était
drôle, et savait improviser de petites fêtes

à deux. En outre aussi, sa conscience à
elle, s'émoussait, se fatiguait, s'épuisait
dans ces luttes. A un moment, elle s'avoua
domptée et ne raisonna plus. Ses derniers
rendez-vous lui semblaient tout naturels,
et pour rien au monde elle n'y eut manqué.
Maintenant, il lui venait des appétits féroces,
et il lui fallait des soupers avec des mets
épicés, lourds, indigestes, des choses froides, glaçantes, comme le melon, et des vins
généreux. Son amour tournait à l'orgie :
il tournait aussi à l'ennui. Elle était affadie,
et ne se fâcha pas trop, quand Puygirard
amena souper un soir un de ses amis et
une femme mariée comme elle, bien mariée
et habitant la ville. C'était une compagne,
dont l'intimité nouvelle expliquerait ses
absences et ses voyages répétés. La conversation fut gaie, vibrante, étincelante, — au
milieu des bouteilles vides de vin de Cham-
pagne, car Puygirard menait bien les choses,
— gauloise, sans être immorale, et pleine
de grivoiseries sous-entendues, qui faisaient sourire Madeleine et sa nouvelle
complice. Le souper dura longtemps, tou-

jours animé, et quand on se sépara, on
était les plus intimes du monde, et l'on
jura, sur les coupes pleines, de se retrouver
tous ensemble, en juillet, à Paris, où Madeleine se promettait d'aller passer quelques
jours.

———

XXX

Les demoiselles Courtenbois et madame
Jappeloup n'avaient pas lieu d'être contentes
de la réception du curé de Saint-J.... Elles
se l'avouèrent en petit comité, et ne parlè-
rent rien moins que d'écrire à l'évêque. L'évêque est, pour certaines dévotes, le grand
modérateur, le régulateur-né des incar-
tades ecclésiastiques. Or, le refus du curé
rentrait, à ce titre, dans sa juridiction. On
n'hésita donc pas à s'adresser à lui, sauf
à avertir plus tard Philippe par lettre anonyme, s'il y avait lieu. Ce fut Azoriné qui
fut chargée d'écrire la supplique, que signè-
rent ensuite Armanda et la pharmacienne,
et elle l'écrivit en des termes pleins d'une

sainte horreur, termes qui, loin d'atténuer les faits, leur mettaient, au front, un écriteau rouge. Le Cantique des cantiques tant décrié n'est que de l'eau de fleur d'oranger en présence de la démonstration pudibonde, sentimentale et critique de ces trois sorcières. Elles s'appliquèrent à charger le tableau avec une science infinie de ces mots voilés, de ces périphrases imprudentes, de ces pudeurs effarouchées, qui disent plus qu'elles ne semblent vouloir le faire. Tout cela pesé, mesuré, condensé, en conciliabule secret, avec de petits rires de méchanceté satisfaite, des froissements de mains béats et ce plaisir, tout particulier, qu'ont les vieilles filles qui n'ont jamais été aimées, à soulever, d'un doigt léger et en réfrognant la frimousse, les voiles qui couvrent les amours des autres. Elles avaient même des mots charmants, des petites réflexions aimables, des naïvetés imperturbables dans la grossièreté toute pieuse de leur innocence présumée. Azorine ne comprenait pas le mariage, ayant entendu dire par les femmes mariées, ses amies, que les hommes étaient

bien embêtants ! Armanda se voilait la
figure. Madame Jappeloup racontait à mots
couverts, l'histoire d'une servante à elle,
qui avait poussé la résistance jusqu'à tuer
son mari d'un coup de pelle, le soir de ses
noces. Les deux demoiselles Courtenbois
trouvaient ça « très-digne » et juraient
qu'elles en feraient certainement autant, si
elles avaient jamais le malheur de se marier.
Puis, la conversation marchait petit à petit;
on entrait dans les détails les plus saugre-
nus, chacune d'elles répétant des histoires
« qu'elle avait entendu dire », où elles
mêlaient des apophthegmes drôlatiques,
s'oubliant parfois dans des circonstances
menues, polissonnes, agrémentées d'ex-
clamations qui les faisaient se tordre de
rire et se pâmer d'aise.

C'est ainsi que fut écrite la lettre à l'évêque, et si les séances étaient amusantes,
l'épitre fut sérieuse. On la lut et on la relut.
Quand elle fut vue, revue, revisée, corrigée,
épluchée, Armanda écrivit l'adresse d'une
large écriture contrefaite et madame Jappeloup alla, le soir, la jeter à la poste.

Les voyages de Madeleine n'étaient pas sans avoir frappé l'imagination des trois femmes. Seulement elles y trouvaient une difficulté insurmontable, ignorant les relations de Madeleine et de Puygirard. Leur unique objectif était Georges Hériart qui, maintenant, ne sortait de l'usine que le dimanche, pour voir Valentine, et encore quand Philippe n'était pas absent. D'un autre côté, on avait des nouvelles de Paul, qui marchait bien, en Afrique, par delà Constantine, où il s'était signalé, dès les premiers jours, dans un engagement avec les Arabes. Il espérait passer bientôt brigadier et son colonel l'avait mis à l'ordre du jour. Paul comptait aussi sur un congé pour le mariage de sa sœur.

La lettre où il était parlé de ce congé fut l'occasion d'une explication entre Philippe et Georges, devant Valentine.

— Quand pensez-vous nous marier ? disait Georges.

— Quand vous voudrez, répondit Philippe. Cependant, ajouta-t-il, j'estime que vous

feriez bien d'attendre que l'usine fonction-
nât et que vous soyiez plus libre.

— Au mois d'octobre, alors.

— Oui, reprit Philippe, c'est l'époque
où Paul pourra venir, mais il vous faudra
le consentement de Valentine.

— Oh! moi! dit celle-ci.

— Vous refusez, alors? demanda Philippe.

— Mais non!

— Pourtant.

— Je croyais, fit-elle, rougissante, que
c'était chose entendue.

— Dame! les petites filles, ça change
d'avis si souvent.

— D'abord, monsieur mon grand frère,
reprit Valentine, je ne suis pas une petite
fille. Je sais ce que je veux et ce que je fais, et
à moins que M. Hériart n'ait changé lui-
même?

Georges sentit l'attaque. Il répondit vivement!

— Moi! oh! Dieu non! Ne ferez-vous
pas la meilleure et la plus aimable des
femmes?

— Oui! oui! c'est entendu! dit Valentine.

8*

Mais je me sauve. Adieu, grand frère !
Adieu, monsieur le flatteur ! Vot ' servante,
Messeigneu : je vas veiller à vot' dîner.

— Baissez les yeux ! cria Philippe.

— Pourquoi ?

— Vous brûleriez le rôti.

— Fi, le méchant !

Puis, quand elle fut sortie.

— Si nous parlions affaires ?

Les affaires allaient bien, très-vite, et
l'usine se construisait avec une grande ra-
pidité. Les ouvriers, tenus d'une main ferme,
ne chômaient pas plus que les directeurs.
Lambezat ne savait où donner de la tête.
Une seule erreur s'était glissée dans le calcul des probabilités, à propos des forces motrices naturelles. On les avait calculées
moindres et elles étaient plus fortes. On n'aurait à recourir aux machines à vapeur que
dans des cas très-rares. Georges avait bien
fait d'établir les turbines dès le commencement, et leur action avait été employée. Les
dépenses ne dépasseraient le devis que de
sept ou huit mille francs. Le terrain, bien
étudié, sondé avec soin, toutes choses bien

préparées n'avaient pas laissé ce qu'on appelle des cas imprévus, sauf les barrières protectrices contre la curiosité gênante des passants. Il y avait plus de bois et d'écorces qu'il n'en fallait pour la scierie et la tannerie. La première fonctionnait déjà pour les besoins des constructions, ce qui était une économie. Les propriétaires réfractaires demandaient maintenant des actions, qu'on ne pouvait leur donner. M. de Puygirard venait d'écrire. Il en aurait désiré pour cent vingt-cinq mille francs. Georges n'était pas étonné, ayant confiance. Mais, pour Valentine, il voulait attendre.

— Qui sait, disait-il, ce que l'avenir nous réserve ? on craint une guerre nouvelle. Nos bénéfices, qui seront de quarante à quarante cinq pour cent en temps ordinaires, étant donné l'ensemble de nos opérations, tomberaient à quinze ou vingt. Encore, trouverions-nous des ouvriers ? notre entreprise est soumise à cet aléa aussi bien qu'à celui des récoltes. Aussi, avant d'épouser Mlle Valentine, je voudrais être sûr de lui apporter, avec une part de bénéfices réelle, la certitude d'une existence tranquille, douce et exempte d'inquiétudes matérielles.

— Alors vous croyez à la guerre?

— Elle est dans les éventualités qu'il faut prévoir. J'ai tout pesé, tout examiné avec soin, et quels que soient les événements, le succès, pour moi, est infaillible.

— Pour moi également. Mais pourquoi alors demandez-vous un délai pour épouser Valentine?

— Je ne demande pas de délai, répondit Georges. Je serais très-heureux que mon mariage se fît le plus promptement possible, mais, je crains... me permettez-vous de parler franchement?

— A quoi me servirait de vous le défendre?

— C'est juste. Je craindrais, non-seulement de ne pouvoir satisfaire, dès les premiers jours, aux goûts de Mlle Valentine, mais surtout, que notre affection trop exclusive, ne m'empêchât, malgré moi, de veiller au dernier coup de feu des travaux à accomplir.

— Voyez-vous, dit Philippe, un amoureux qu'effraie la lune de miel.

— Tous les hommes de travail, reprit Georges, en seraient effrayés. Quand elle garde ses limites naturelles, c'est le repos. Quand elle se prolonge, c'est l'oisiveté. Or, je me connais, elle se prolongerait.

— Indéfiniment ?

— Je l'espère.

— Paresseux, va ! Mais Valentine est une fille raisonnable, plus pratique que romanesque, plus femme de ménage que rêveuse.

— Pourquoi voulez-vous que j'en doute ?

— Mais, je ne veux pas que vous en doutiez, grand enfant ! Vous vous aimez ! et Valentine, qui a été élevée par Madeleine, ce qui est une garantie, fera, comme elle, une femme très-honnête, scrupuleuse de l'honneur conjugal, et gardienne sévère du nom de son mari.

— J'en suis persuadé. Madame Madeleine vous aime.

— Non ! Madeleine ne m'aime plus, interrompit Philippe, mais je l'aime, cela suffit.

Il s'arrêta un moment.

— Mon pauvre ami, continua-t-il, ne touchez jamais à cette corde-là, si vous voulez me faire plaisir. Allons dîner.

———

XXXI

Au contact de ce mouvement d'affaires, vis-à-vis de cette vie agitée, enfiévrée et qu'elle enviait, en face de cette danse de chiffres, de ces calculs d'intérêts, de probabilités, de chances, qui tourbillonnaient devant ses yeux, Madeleine s'était sentie prise d'une envie atroce de s'y trouver mêlée. La demande d'actions, faite par Puygirard, n'avait pas d'autre origine. Une origine un peu contrainte. Ce qu'elle n'aurait demandé à Philippe, elle l'avait exigé de son amant, se contentant, pour elle, d'une trentaine d'actions, afin d'être tout à fait dans le mouvement. Puygirard avait promis, sachant bien qu'il promettait en vain et ne pourrait se procurer les actions demandées.

Pendant ce temps, un changement notable se produisit dans l'état de Madeleine. Elle devenait paresseuse, molle, amoureuse du repos, du bercement doux des hamacs. Elle en rapporta un de la ville, et y resta toute la journée, rêvant dans un balancement sans secousses, étendue tout de son long, les yeux en l'air, regardant le bleu pâle, lumineux et transparent des ciels d'été. Des langueurs subites la prenaient, des affadissements du cœur, des avachissements du corps, qui s'étalait dans le filet suspendu aux arbres du jardin. Les livres ne l'amusaient plus. Celui qu'elle faisait valait mieux. Puis, éclataient des fantaisies imprévues, des envies de sortir à toute force, des besoins de courir dans les champs, de se fatiguer sans raison apparente, des parties de plaisir avec Claire, Valentine, madame Jappeloup, toutes ses amies et leurs maris ; parties où elle se livrait tantôt à des enfantillages de grande femme, à des farces gaies, tantôt à des rêveries sans but. Ajoutez à cela des

désirs de manger des choses crues, inédites,
des primeurs inconnues au pays, qu'elle
faisait venir, à grands frais, dans des boîtes
en fer-blanc, et des dégoûts de nourriture
ordinaire, qui lui donnait des nausées. Elle
se plaignait de l'estomac, se disait faible,
anémique, et se mit au régime du iodure
de fer. Philippe, qui l'observait avec inquié-
tude, fit venir le docteur Blanchemain,
qui la tâta, l'ausculta, frappant de son
doigt recourbé sur la poitrine prétendue
malade, la fit surtout beaucoup causer et,
finalement, la déclara enceinte.

Enceinte!... Elle eut un moment de stu-
peur indicible. Enceinte!... le médecin
devait se tromper. Elle s'écouta en dedans,
et, à son tour, s'ausculta la tête, le cœur, la
conscience, et ne trouva qu'une chose, c'est
que c'était ennuyeux. Les berceaux blancs
et roses, perdus, la nuit, dans l'ombre
vacillante de la veilleuse, la joie de préparer
une layette, celle de s'entendre réveiller en
balbutiant, de sentir deux lèvres chaudes
baiser le sein plein de lait, et prendre, encore sous cette forme, la vie de la mère,

tout cela, ces bonheurs et ces peines, tout cela,
ces fatigues enchanteresses d'une maternité complète ne lui disait rien, absolument
rien. Il y avait aussi, en même temps qu'une
incertitude d'origine qui la tourmentait,
la crainte, malgré les nourrices, d'une
absence de liberté. Décidément, ce médecin
n'était qu'un âne. C'était trop tôt ou trop
tard, comme aurait dit Lambezat. Trop tôt
pour la rajeunir; trop tard pour que l'enfant fut aimé. Pourtant cet enfant, qui
venait si mal à point, faisait la joie de
Philippe. Il y voyait, non pas l'héritier d'un
nom, mais un but, légitimant, expliquant
le travail et il entourait Madeleine de petits
soins qui l'agaçaient, l'énervaient, d'atten-
tions sans nombre, tournant, les jours où
il était libre, autour de sa chaise longue,
la couvant des yeux, prévoyant le moindre
désir. Madeleine se disait, en le voyant ainsi :
« le pauvre homme! » et rêvait au moyen
d'utiliser la situation. Elle eut vite trouvé.

En effet, après le premier moment
d'épouvante, l'insouciance revint vite, et
elle se releva plus allègre. Avant de devenir

l'esclave de l'enfant à naître, elle résolut
d'user de ses loisirs, et son projet de Paris
lui revint à l'esprit. Elle en parla à Philippe,
prétextant sa santé et le besoin d'enlever
Valentine aux assiduités de Georges Hériart.
Elles iraient, seules, sans la vieille Nanon,
toujours de plus en plus grognonnante,
qui resterait pour soigner Philippe. On y
demeurerait un mois, le mois de juillet, qui
allait commencer. Claire, à qui Madeleine
proposa de les accompagner, refusa. Blanche
main ne trouvait rien à redire à ce plan de
campagne. M. Hériart et Philippe seraient
plus libres de veiller à leurs travaux. Quand
le jour du départ fut fixé, Madeleine écrivit
à Puygirard et à sa nouvelle amie. Puis
Philippe conduisit Madeleine et Valentine
à l'omnibus du chemin de fer, où il les
quitta, tout ému de cette séparation, qui,
depuis le temps qu'il était marié, était la
seule et la première aussi longue.

XXXII

Paris, 30 juin.

VALENTINE A PHILIPPE

Que deviennent cher grand frère, votre
usine et ses usiniers, en l'absence des fées
du foyer ? Et ses roues dentelées, et ses
courroies, et ses arbres de couche, etc...
Que sais-je ? Dieu ! que les hommes sont
enfants qui jettent dans la verdure de nos
printemps la fumée noire de leurs cheminées. Remarquez que je ne vous parle que
de l'usine et de rien autre chose.

Noussommes arrivées hier par le rapide.
Je pourrais, vous faire l'historique de ce

que nous avons déjà vu, et il est certain que
vous diriez de suite, comme dans les *Plai-
deurs :* Quand auront-ils tout vu ?

Au premier abord, je n'ai pas eu les
étonnements prédits, mais plutôt l'étour-
dissement du bruit. Je ne suis pas, il
paraît, organisée. Néanmoins, voici ma
première opinion.

Tout me semble ici être d'occasion, les
logements, les voitures, les hommes, les femmes, et jusqu'aux ormeaux des boulevards.
Ils ont été pris dans une maison Godchau
quelconque qui doit tenir, au coin d'un quai,
de la nature au rabais. Ils ont l'air d'être dépa-
reillés et ne sont pas encore assez artifi-
ciels pour paraître vrais. Les hommes
sont tous ou trop pressés, ou trop curieux ;
les femmes ou ridicules quand ce sont des
provinciales ou invraisemblables quand
ce sont des parisiennes. Tout, dans les
grands et larges quartiers nouveaux, est
exagéré de ton, de vie, de couleur. On
n'y vit pas, on est porté, et l'on comprend,
sans peine, les conférences de Naquet, qui
est bossu, sur l'amour qui a des ailes. Le

recherché y a sa raison d'être et le beau y est
trop beau, quand il n'est pas trop joli. Des
gens offrent au coin de la rue Vivienne, de
la rue de Rivoli et des abords du Palais-
Royal, des programmes où se lit la promesse peu réconfortante de dîners à trente-
cinq centimes: deux plats au choix, pain compris. C'est des boulevards, dit-on, que leur
vient le plus de dîneurs. Malgré cela, c'est la
foule et ce n'est pas l'originalité. Tout se
ressemble, les arbres, les hommes, les femmes, les cochers, les voitures, les chevaux,
les cafés, les caniches, les nourrices, les
apothicaires, les ministres et les marchandes
de journaux.

Mais commençons par le commencement.

A peine nous sortions des portes de l'hôtel, il était sur son char, — cocher en
chapeau gris, — et il en descendait. —
Vrai! Je croyais ne le rencontrer jamais,
ce monsieur de Puygirard, avec sa barbe
blonde, que chez M. Lambezat. Il était ac-
compagné de sa fille, une grande jeunesse
de quinze ans, d'un autre monsieur et de

« sa dame », qui est parente, nièce, tante, sœur ou cousine audit M. de Puygirard, une fois nommé. Je crois cependant que c'est sa sœur.

Vous voyez d'ici la stupéfaction grande. Ceci se passait rue de la Paix. Le Puygirard se précipite : « Quoi, mesdames, c'est vous ! O jour trois fois heureux ! Que béni soit le ciel ! » Vous savez le reste. On s'interroge, on se répond, on s'étonne, on se félicite, on résout de passer la soirée ensemble et on renvoie les voitures.

Voulez-vous un portrait dix-huitième siècle, grand frère ? Le voilà et c'est de la fille Puygirard dont je vous parle : Laure n'a que quinze ans et rien qui la puisse faire remarquer au premier abord. Mais une grâce exquise, un peu molle, règne dans l'air de tout son visage. L'œil a de la douceur et quelque chose de rêveur et de languissant. Les lèvres, semblables à deux cerises mûres, s'entrouvrent sur une rangée de dents éblouissantes. Chez Laure, le corps n'a pas pris tout son développement et garde la nonchalance de l'enfance. Ses bras sont maigres, sa poitrine non formée, le geste un peu gauche. Une heureuse innocence règne dans cet ensemble délicat et promet une fort jolie personne. Ce n'est pas Vénus femme, mais c'est encore Vénus au moment qu'elle sort de l'onde, toute étonnée de sa naissance et des merveilles qui l'entourent. — Hein? est-ce assez réussi, grand frère?

La sœur de Puygirard s'appelle Stephanie. Elle a les traits assez fins, avec des cheveux d'un rouge orange, plaqués en bandeaux sur les tempes. Elle paraît plus âgée que son mari, M. des Huttiers, qui est un petit brun, à tête de chenet, assez insignifiant comme presque tous les petits bruns. Pour qu'un homme brun inspire de l'intérêt, il faut qu'il soit grand, ait de larges épaules, de grosses moustaches et, à défaut de grand sabre, l'air spirituel, ce qui ne se donne pas à tout le monde.

Il faut vous dire, grand frère, que nous logeons au quartier latin, ainsi nommé parce qu'on y enseigne toutes les langues. C'est au numéro trente-trois de la rue

8**

Monge, qui n'est pas Malaquais, comme
dirait le pharmacien, votre ami. On y
arrive à pied, à cheval, en voiture, en tram-
way et presque en bateau. Mais on n'y loge
qu'à pied. Sauf cette légère restriction, on
n'y est point mal, entre un crémier et un
marchand de vins. Tous les dons de la
nature, quoi! Ma chambre est séparée de
celle de Madeleine par un cabinet commun, et le plus commun des cabinets. Nous
communiquons par cette alvéole. La petite
Laure loge à côté de moi, un peu plus loin.
De l'autre côté du corridor, en face de ma
chambre sont les des Huttiers, et en face
de celle de Madeleine, le Puygirard.

M. des Huttiers et sa femme couleur de
mandarine sont en pleine lune de miel. M. de
Puygirard prétend qu'ils joignent la fureur
des moineaux à l'intempérance des tourte-
relles. Je n'ai pas osé demander l'explication de cette phrase, qui les a beaucoup
fait rire tous les quatre. Rien n'est perdu
pour attendre. Il faudra bien qu'on me la
dise.

La petite Laure m'a pris en amitié. Nous

accompagnons Madeleine dans ses courses de jour. Les autres vont de leur côté. Le soir, nous promenons ensemble.

Adieu, grand frère, je vous embrasse. Bien des choses à l'usine et tout à vous.

VALENTINE.

XXXIII

On raconte que la seule velléité de ga-
lanterie de Frédéric-Guillaume Iᵉʳ fut punie
d'une formidable gifle. En véritable alle-
mand qu'il était, il avait voulu commencer
le roman par la fin, et avait refusé d'attendre que l'heure du berger sonnât pour lui.
C'est peut-être parce qu'il avait manqué de
pendules que ses successeurs s'en montrè-
rent si avides. Cette brutalité toute teuto-
nique n'était pas dans les mœurs de M. de
Puygirard, quoiqu'il fut brutal quelquefois.
Il n'aimait pas à mettre le doigt sur l'hor-
loge du temps pour en avancer les aiguilles et voulait toute chose à son heure et
aller jusqu'au bout, dût-il, comme les autres

8....

princes du pays de la piété et des bonnes
mœurs, épouser ses maîtresses du vivant
de sa femme. Tel n'était pas le cas ; la mort
de madame de Puygirard lui enlevait
toutes raisons d'être bigame. Ce que nous
en disons est pour indiquer son caractère. Il
avait mis dans sa tête qu'il ferait de Madeleine une femme nouvelle, et il y travaillait.

C'est pour compléter cette réincarnation
imitée des temps boudhiques, qu'il avait
imaginé le voyage à Paris. Madeleine était
toute prête, ainsi que le désirait Puygirard, à contrefaçonner l'amour et à changer le vrai, contrôlé, pour le faux, exempt
de toute espèce de poinçons. Aussi ne
se scandalisait-elle plus de rien, ni des
scènes brutales du plaisir parisien, ni du
débauché des petits théâtres, ni de l'impu-
deur des cafés-chantants, ni de l'orgie
bruyante des bastringues. La fumée des
pipes, les manchettes traînant sur les tables
lippeuses, le sans-gêne des filles, les hurle-
ments des étudiants, leurs chansons où la
politique se mêle à l'obscénité, lui affadis-
saient bien un peu le cœur, mais elle cher-

chait à s'y faire, buvant de la bière haut-le-coude et entrant dans les brasseries avec cette crânerie un peu forcée, qu'ont les malades en face du scalpel du chirurgien.

Valentine et Laure étaient un peu écartées, pas trop. Néanmoins on ne les laissait pas toujours seules. Il y avait des soirs où on était sages, et où l'on allait aux boulevards. Ces soirs-là, on dinait en cabinet particulier, avec des mets choisis, des vins capiteux, des gaietés à tout casser. Madeleine avait envie d'écrire son nom, — celui de Madeleine, et non celui d'Erveu, bien entendu, — sur toutes les glaces de restaurants, au milieu de ceux des soupeuses. Elle le faisait avec des regards heureux, des mines ravies, des mots à double sens, qui avaient le privilége de jeter dans l'âme de Valentine l'effroi vague des choses inconnues. Laure, plus jeune, mais moins innocente, poussait Valentine d'un coup de coude, et lui disait : « je vous expliquerai cela. » Madame des Huttiers rivalisait avec Madeleine. Mais où Madeleine avait le mot, madame des Huttiers avait le geste. Elle

essayait la résistance des chaises, le moel-
leux fatigué du divan, sautait dessus à pieds
joints, pour le plaisir de se sentir enfoncer,
et s'asseyait, avec des façons mutines, sur
les genoux de des Huttiers, qu'elle appelait
« mon époux ». On ne s'occupait des enfants, qui écoutaient, que pour ne pas dire
les choses crûment.

Tout cela puait, suait la débauche cachée,
la petite maison banale, avec sa porte bée
au premier venu, et son canapé aux sou-
plesses irrégulières, sur lequel viennent
se vautrer, à tour de rôle, des filles d'écu-
reurs d'égout, qui se croient des filles
d'Eve. Valentine s'y sentait mal à l'aise.
Dans la politesse des termes, dans le genre
bonne compagnie que prenaient les quatre
comparses de ces dégradantes escapades,
régnaient de l'affecté et du débraillé à la
fois. Ce n'était ni franchement honnête, ni
franchement canaille. Il y avait du louche
dans le geste, dans le regard, dans la parole, dans l'atmosphère surchauffée par le
gaz, tombant à cru sur la nappe tachée de
vin, sur les plats non desservis, dont la

fumée se mêlait à celle des cigares allumés.
L'imagination surmenée se plaisait à la
lubricité des demi-mots, des promesses
mystérieuses, des provocations d'amour à
propos de tout, qu'on se lançait, avec des
coups de genou significatifs, en regardant
en dessous si les enfants ne comprenaient
pas, et en souriant de leur ignorance. Ce
père de famille, Puygirard, cette sœur,
Madeleine, ces gens du monde, les des
Huttiers trouvaient cela piquant de prendre
comme témoins de leurs amours adultères
la fille de l'un et la sœur de l'autre. On
parlait devant elles de mille choses secrètes
et particulières à chaque couple, et peu
s'en fallait qu'ils ne se tutoyassent tous.

Quant à Laure, elle comprenait tout ou
à peu près, ayant passé, au milieu des
domestiques de son père, les quelques jours
de vacances qu'elle ne vivait pas au couvent.

Ces soirées ne finissaient pas là. Comme
on sortait tard de table, on allait soit aux
Folies-Bergères, soit au Skating de la rue
Blanche, soit aux concerts des Champs-
Elysées. Cela valait mieux que de s'enfer-

mer dans la chaleur des salles de théâtre.
La plupart, d'ailleurs, étaient fermés.

Nous avons dit que Valentine et Laure
ne suivaient pas toujours Madeleine et ses
compagnons dans leurs courses de nuit.
Des soirs, on les laissait seules, sur le
boulevard Saint-Michel, en leur disant de
promener, qu'elles n'eussent pas peur, que
cela se faisait, qu'on les viendrait rejoin-
dre, ou de rentrer si elles voulaient. Comme
il faisait très-chaud, elles préféraient la
promenade. Pendant ce temps, Madeleine,
Puygirard et l'accouplement des Huttiers,
couraient les brasseries, les hommes fumant leurs pipes et les femmes vêtues simplement. C'était leur plaisir de vouloir
passer pour des étudiantes, mais les étudiants ne s'y trompaient pas, quoiqu'ils ne
se gênassent pas devant elles. Ils les prenaient pour des femmes de l'autre côté de
l'eau, en rupture de trottoirs. Madeleine aurait voulu que quelqu'un lui pinçât la taille,
ou lui fît quelque inconvenance, comme on
en faisait aux filles qui servaient. Elle ne s'en
serait pas fâchée davantage et prenait

des airs qu'elle croyait provoquants, mettant les coudes sur le marbre, essayant
d'en « griller une », comme les autres,
riant tout haut des saillies bouffonnes, des
sorties drôlatiques, des réflexions où le
sans-gêne des buveurs mettait toutes les
épices de l'Orient.

Cependant, les jeunes filles suivaient
lentement, en les attendant, le boulevard,
s'émerveillant de ce qu'elles voyaient, mais
un peu confuses, un peu étourdies de se
trouver seules, et n'osant pas trop s'arrêter devant les étalages lumineux, de
peur des passants, qui les frôlaient et se
pressaient contre elles, en leur marmottant,
dans le dos, des mots incompris.

Un soir, il se produisit sur le boulevard
une agitation particulière, que Valentine
et Laure regardaient d'un œil curieux.
Des femmes seules fuyaient, se précipitant dans les boutiques, dans les cafés,
dans des entrebaillements de portes qui
les semblaient attendre, ou s'accrochant
aux bras des promeneurs étonnés. Les
jeunes gens, debout, sur le seuil des cafés,

attendaient l'occasion de faire une bonne
affaire et pas cher. Le mouvement venait
d'en bas et d'en haut, sans qu'il parût
s'échapper par les rues latérales. Un mot
d'argot, qui signifiait la police, courait sur
la foule, et la remuait dans ses profondeurs.
C'était une rafle. Valentine et Laure marchaient tranquillement, quand une voix
nasillarde les interpella.

— Pardon! mes petites chattes, disait-
elle, mais si nous n'allons pas plus
vite que ça, nous allons nous faire
pincer.

Elles se retournèrent. C'était Pas-de-
chance, qui faillit tomber à la renverse
en reconnaissant Valentine. Il n'eut pas le
temps de s'étonner beaucoup. Un agent
en bourgeois arrivait, et posa la main sur
l'épaule de Valentine, qui fléchit.

— Allons, en route ! dit-il.

Le pharmacien, remis de sa surprise,
voulut protester.

— Ces dames sont avec moi, fit-il.

— Y a toujours pas longtemps, mon
petit père, répartit l'agent. Voilà un mo-

ment que je les guette et elles étaient
seules.

— Mais enfin, dit Valentine toute troublée, que nous voulez-vous?

— Suffit, suffit! nous nous expliquerons
à la Préfecture. D'ailleurs, la petite maigre
n'a pas l'âge pour le métier.

— Le métier? demanda Valentine, quel
métier?

Laure épaurée se serrait contre elle.

La foule s'était amassée. Des réflexions
partaient, désobligeantes pour l'agent isolé.
Quelques figures hâves de faubouriens
regardaient curieusement. Des concierges
barbues, avec leurs chairs molles ballot-
tant dans les camisoles sans corset, disaient:
« C'est une horreur! Elles ont l'air hon
nête. » Des jeunes gens, descendus en
courant des estaminets environnants, parlaient de les délivrer. L'agent était seul. Il
se hâta et poussant les jeunes filles devant lui.

— Voyons! dit-il, allons-nous marcher?

Jappeloup sentit le besoin de frapper un
grand coup. Il se planta devant l'agent.

9

— Vous ne me reconnaissez pas ? demanda-t-il.

— Non ! monsieur ! fit l'agent surpris.

— C'est juste, reprit Jappeloup, vous ne m'avez jamais vu.

— Ah ça ! Est-ce que vous allez longtemps m'embêter comme ça ?

D'autres agents arrivaient. Ils commencèrent à écarter doucement la foule avec le traditionnel : « Circulez, messieurs ! » tandis que Jappeloup, perdant la tête, exaspéré, agitant ses petits bras, nasillardait de toutes ses forces :

— Il ne me reconnaît pas, parce qu'il ne m'a jamais vu !.... Je me nomme Jappeloup... Je suis membre de l'Orphéon, et pharmacien... Est-ce qu'on arrête les pharmaciens à présent ?... Je suis connu, ma femme aussi, c'est une Chantegrêle de Trousse-Chemise.

Ce dernier mot fit plus pour dissiper la foule que tous les efforts des agents. Elle partit d'un immense éclat de rire, qui se répercuta tout le long des boulevards. On riait dans les cafés, dans les couloirs des

maisons, dans les boutiques des bijoutiers,
dans l'intérieur des omnibus, depuis le
carrefour de l'Observatoire jusqu'à la fontaine Saint-Michel, tandis que Valentine
et Laure, cramoisies de honte, marchant
vite, la tête baissée, et Jappeloup gesticu-
culant toujours, descendaient vers la Préfecture de police.

XXXIV

La veille, Valentine avait reçu de Philippe la lettre suivante :

Saint-J...., 17 juillet.

Je vous remercie, ma chère Valentine,
de votre excellente lettre. L'usine va
bien ; les usiniers aussi ! Quelle merveilleuse affaire ! j'en suis enthousiasmé.
C'est la fortune du pays tout entier et
les effets s'en font déjà sentir partout.
Comme le travail est bien le seul et le
vrai moyen d'être utile aux autres, et
moins humiliant que l'aumône ! Voyez-en
les conséquences ! une immense extension

donnée à l'agriculture, au roulage, au commerce de toute sorte. Le développement, pour les petits marchands, de leur chiffre d'affaires. Le travail certain pour l'ouvrier, qu'on moralise, qu'on élève, qu'on grandit, qu'on arrache au cabaret, pour en faire un père de famille. La création future, dans l'atelier même, d'écoles pour les enfants, d'association coopérative pour l'économie de la vie domestique chez le travailleur, la construction de nouvelles maisons, que sais-je? — peut-être une ville qu'on fonde.

Et dire qu'il faudrait si peu de chose pour faire avorter tout' cela! Qu'un de nous, moi ou Lambezat ou Georges tombe malade, ou meure, tout s'arrête, languit, s'éteint à son tour. Le pays tout entier est ruiné.

Aussi, pour parer à cette éventualité, il nous faudrait un quatrième coopérateur. Un de nos actionnaires veut vendre ses actions. Il quitte le pays. M. de Puygirard en avait demandé. J'ai songé à lui et vais prier Lambezat de lui en écrire deux mots.

J'ai été obligé de cesser, pendant quelques jours, mon traitement par la digitaline.

J'éprouvais certains troubles avertisseurs de la vue.

J'attends Paul d'un jour à l'autre. A vous.

PHILIPPE.

Paris, 19 juillet.

Mon cher Philippe,

Rappelez-nous vite! Aujourd'hui, si c'est possible. Par dépêche plutôt que par lettre. Il y a urgence.

VALENTINE.

Paris, 20 juillet.

A MADAME JAPPELOUP, A SAINT-J...

Madame Erveu est très-fatiguée. Mlle Valentine est malade. On l'a trouvée hier évanouie dans le cabinet de toilette qui sépare sa chambre de celle de sa sœur. On suppose que, s'étant sentie indisposée, elle aura voulu appeler madame Erveu et n'aura pu. Elles partent aujourd'hui.

JAPPELOUP, pharmacien,

XXXV

— C'est bien drôle, tout ça ! fit Azorine. Ce Puygirard, ce retour subit, cette intimité ! Comprenez-vous Puygirard, vous ?

Le clan des Courtenbois était réuni dans l'arrière-boutique du pharmacien, qu'on avait frété en commun pour aller à Paris surveiller Madeleine et dont on attendait le retour.

— C'est un homme charmant ! fit Armanda.

Azorine posa son tricot sur ses genoux.

— Lui connaissiez-vous une sœur et un beau-frère ? reprit-elle et elle ajouta :

— En tous cas, c'est très-fort comme improvisation.

9'

— Mais, rectifia la pharmacienne, il a une sœur.

— Une vraie sœur? demanda Azorine.

— Une vraie sœur, pas en carton-pâte ! mais je ne la savais pas mariée.

Azorine répondait avec un air profond.

— Ce que c'est de nous, pourtant !

Armanda, dans un coin, faisait consciencieusement et sans rien dire une couverture de lit au crochet. Cela représentait des ronds, qu'on ajustait ensuite. Elle en était à son cent quatre-vingt-quinzième rond.

— L'amour, continua Azorine, veut du mystère.

— Pour les mystères de l'amour.

— Chut ! dit Azorine, en montrant Armanda qui rougissait.

— Est-elle jeune? fit la pharmacienne, entre femmes ces choses-là ne comptent pas.

Azorine reprenait :

— Quant à cette rencontre de Puygirard et de madame Madeleine?

— Oh, affirma Madame Jappeloup, il s'é-
taient vus auparavant.

— Croyez-vous? combien de fois?

— Cent quatre-vingt-quinze, fit Armanda,
qui comptait ses ronds.

Les trois femmes se mirent à rire.

— Et cet évanouissement? dit Madame
Pas-de-chance. Conçoit-on cette petite
sotte, qui s'aplatit comme une sole frite!

— A la porte de l'autre.

— C'est çà! Puygirard y était. Elle aura
entendu.

— Quoi donc? dit Armanda.

— Est-ce qu'on sait, dit la pharmacienne,
tout ce qu'on entend dans ces moments-
là?

— Au fait, reprit Azorine, çà doit être
drôle et quand on n'est pas de bois!

— Moi, dit madame Pas-de-chance. J'ai
toujours rêvé çà.

— Quoi? d'être en bois?

— Justement! comme les joujoux de
Nuremberg, avec un ménage en bois, une
laiterie en bois, une maison en bois et un
mari,

Armanda leva la tête.

— En bois aussi ? A quoi çà servirait-il ?

— Voulez-vous bien vous taire ! fit Azorine sévèrement.

— Dame, se défendit Armanda, dans la bible... Putiphar.

— Eh bien? Putiphar était comme les autres.

— Mais non ! il ne servait à rien.

— Tiens! fit la pharmacienne, c'est comme M. Erveu.

— Ça explique Jos ph ! fit Azorine.

— Et Georges Hériart.

— Et Puygirard.

Elles se regardaient toutes les trois avec un œil clair et un air plein de sous-entendus.

— Si on nous écoutait pourtant, dit madame Pas-de-chance qui préparait, sur une petite table, des verres de sirop.

— Bah ! dit Azorine, les hommes ne se doutent pas de tout ce que disent les femmes entre elles.

Les trois commères avaient pris chacune un verre et buvaient à petites gorgées.

— Avec tout çà, le scandale va recommencer, disait madame Jappeloup.

— Et cet évêque qui ne répond pas ! reprit Azorine.

— Il est peut-être à Paris, lui aussi, dit Armanda.

— Par exemple ! dit sa sœur.

— J'ai entendu dire, reprit la pharmacienne, que le curé de Saigon a huit femmes et quatre chevaux.

— Quelle horreur ! soupira Azorine.

— On ajoute que c'est l'argent des petits chinois.

Azorine insistait :

— Et si cet évêque ne répond pas ?

— Il faudra bien, dit la pharmacienne, avertir M. Erveu.

— En voilà un mari aimable ! pensait Armanda.

— Tout de même, finit madame Pas-de-chance, on ne comprend pas un évanouissement comme çà, sans causes.

L'évanouissement n'avait pas été sans

causes. Le 18, Valentine avait reçu la lettre
où Philippe proposait d'associer Puygirard,
et en avait parlé à l'intéressé. Le 18 également, avait eu lieu le mouvement dont
elle avait été victime sur le boulevard. Mais
la Préfecture de police a l'œil . bon. Elle
avait tout de suite reconnu la vérité des al-
légations de Valentine et de Laure, et les
avait relâchées, ainsi que Jappeloup, qui
jurait de ne plus voter pour C..... le radical, depuis que la République se permettait
d'arrêter les pharmaciens.

Valentine et Laure allèrent droit chez
elles. Quoiqu'il fut tard, les des Huttiers,
Madeleine et de Puygirard n'étaient pas
encore rentrés. Les deux jeunes filles s'ac-
coudèrent à la fenêtre de Valentine en les
attendant. Laure avait l'âme prête aux confidences : elle en fit, penchée sur la rue
bruyante encore, à Valentine, qui écoutait
machinalement, accablée qu'elle était et par
les émotions de la soirée et par la lourdeur
d'une nuit orageuse.

Jamais Laure n'avait été lancée comme
ça. Elle racontait, racontait, racontait, sans

s'arrêter, à sa façon, par historiettes détachées, par souvenirs décousus, des choses
incroyables, surprises par sa curiosité
d'enfant, des racontars de valets de ferme
et de servantes débauchées, dans la pro-
miscuité fumeuse des veillées d'hiver, qu'é-
clairaient, de leur lueurs crépitantes, les
chandelles de résine, maintenues par un
morceau de bois fendu, planté dans un
trou, sous le vaste manteau de la cheminée
noire. Ces récits scabreux empruntaient
à « cette grâce exquise qui régnait dans
l'air du visage » de Laure, l'étrangeté des
choses disparates. Elle semblait pourtant
comprendre ce qu'elle disait, et elle en parlait tantôt comme de faits recueillis par
des témoins et de notoriété publique, tantôt comme d'actes passés sous ses yeux et
dont on ne lui aurait caché ni l'odieux de
leur publicité, ni l'obscénité de leurs détails. Le mot précis ne lui échappait pas.
Elevée dans la vie pratique de la ferme,
elle joignait à la science d'une femme les
audaces de ses quinze années à peine
révolues. Elle n'avait ni étonnements,

ni hontes devant les mystères que la vie
rustique lui avait appris et dont son couvent lui défendait de parler.

Rien de plus commun que cette histoire.
Laure avait onze ans quand sa mère était
morte et son père l'avait retirée près de lui.
C'était une petite fille malingre, palotte,
avec des gestes gauches, des mains rouges
et la timidité qu'avaient fait naître chez elle
les moqueries de ses camarades, mieux
habillées, sur ses toilettes de village. Puygirard fit continuer son éducation par une
institutrice. Celle-ci, cueillie dans la quatrième page d'un journal parisien, tenait
tout ce que comportait son emploi et elle
le tenait bien. Elle ne se cachait même pas
trop pour remplir les diverses fonctions
auxquelles elle était appelée. Puygirard ne
la quittait d'une semelle. D'ailleurs elle
avait vite compris sa véritable utilité et
commença de s'emparer de l'esprit du
maître. Le mariage était son objectif. Dieu
sait ce que devenait, pendant ce temps, la
petite Laure. Livrée à elle même, l'enfant
courait avec les drôles, qui l'amenaient aux

champs garder les bêtes, lui faisaient des
charrettes avec des branches de noisetiers
entrecroisées, lui dénichaient des nids et
l'appelaient gros comme le bras; la petite
maîtresse. Ou bien elle restait à la ferme,
s'ennuyant seule, les pieds dans les ajoncs
étendus « pour faire pourrir », regardant
les poules picorer, ou les canetons, qui,
plongeant dans la mare, ne laissaient voir
que leur croupion tout droit, s'agitant vivement en l'air. On lui faisait raconter, les
soirs, à la veillée, les histoires de « notre
maître » et de « la demoiselle », histoires
que l'humour paysannesque agrémentait de
grosses saillies, de réflexions lubriques, re-
levées d'un rire rebondissant. Cela amusait
beaucoup et on cherchait des comparai-
sons dans la vie journalière des animaux
de la métairie. Un beau jour les rires ces-
sèrent. Une jeune servante venait d'arriver.
L'œil du paysan, sans cesse fixé sur ce qui
est immédiatement au-dessus de lui, voit
bien ce qu'il veut voir et il avait vu que la
nouvelle arrivée avait plu. Puygirard, qui
n'avait connu que des femmes plates, fut

tenté par ce fruit savoureux et des formes
ondoyantes et plantureuses. Laure avait surpris des coins sombres où son père hap-
pait la drôlesse au passage, lui pinçait la
taille et lui prenait les seins qu'il faisait
sauter, en les soupesant, dans sa main. La
fille se défendait mal, disait : « non, Monsieur, je ne veux pas, » et finalement se
laissait embrasser. La petite Laure aimait
beaucoup ces scènes discrètes, se cachait
pour les mieux voir et les raconta à l'institutrice. Celle-ci se fâcha, fit un coup de
tête, et, après une scène violente de jalousie, partit, espérant qu'on la rappel-
lerait. Puygirard n'en fit rien et mit sa
fille au couvent.

Laure racontait tout cela avec une certaine
pointe d'admiration pour son père. Elle
n'avait pas l'idée que ce fut mal, qu'il put
y avoir une morale, et disait de Puygirard ;
« C'est un rude, allez ! » Elle énumérait,
avec des détails, toutes les bonnes fortunes
qu'il avait eues, et la liste en était longue
jusqu'au jour où il inscrivit sur cette liste
madame des Huttiers qui n'était pas ma-

dame des Huttiers, puis Madame Madeleine.

Valentine, au nom de sa sœur, se
réveilla, s'indigna, prit Laure par les deux
épaules et la mit à la porte, toute ébaubie
de ce résultat inattendu de ses confidences.

Quand elle fut seule, elle repassa dans sa
mémoire tout ce qui lui venait d'être dit.
Cette Laure l'étonnait. Tant de perversité
morale sous une enveloppe si virginale !
Et cette audace d'attaquer Madeleine ! Est-
ce qu'on pouvait ? Elle était blessée dans
ses idées de religion pratique, d'ordre, de
morale, de justice intime, et dans cet idéal
vaporeux, fluide, plein de diaphanéités
charmantes, d'ombres douces, de cha-
toyantes lumières et de calmes sérénités
que se font, de l'amour, les cœurs innocents et candides. Cette Laure !! qui eut
crû cela ? Quoi ! L'amour n'est-il pas autre
chose ? La rencontre de deux êtres, faite de
bestialité papillonnante d'un côté, et, de
l'autre, de passivité égoïste et finassière ?
Est-ce là tout ? Et ne faut-il pour cela qu'une

institutrice de nuit, une Vénus chaudron-
nière, des souillons trouvées sous un châ-
taignier à la chasse et le même lit pour
toutes ? Le lit qui a servi à l'épouse légitime ! Celle-ci même ne serait-elle qu'une
maîtresse prise avec des cérémonies particulières ? Le Kanaque, qui attend en embus-
cade, derrière un buisson, la femme de son
choix et l'assomme pour en jouir, est aussi
dans la vérité de l'amour, à ce compte-là.
Chez nous , le maire ne représente-il, en
somme, que le buisson du Kanaque, c'est-
à-dire l'occasion légale qui permet à l'Hom-
me-Bête de s'accoupler publiquement avec
la — Femme de rencontre, — indifférente et
froide, qui s'effraie, plus qu'elle ne se
réjouit, de l'amour ?

Un air lourd, étouffant, d'orage, régnait,
saturé d'ozone, de poussière, d'exhalaisons
de ruisseaux, de fumées de cuisine, des
chaleurs du gaz, maintenues à la surface
du sol par la pesanteur de l'atmosphère,
que ne traversait pas même ce souffle léger,
que La Fontaine nous montre fatal au
Roseau. Le bitume de la rue, qui n'était

bitumée qu'en partie, mettait des intermittences silencieuses dans le roulement étourdissant des omnibus. On n'entendait plus que le flic-flac des pieds des chevaux et les lourds véhicules semblaient glisser comme dans un rêve. Valentine, pour avoir plus d'air respirable, ouvrit la porte du cabinet commun, puis se défit, respirant largement à chaque bouton défait du corsage, et se coucha.

Elle ne dormit pas longtemps. Vers deux heures, elle se réveilla. Il lui semblait qu'on parlait dans la chambre de sa sœur. La porte du cabinet, ouverte, permettait d'entendre les voix sans distinguer les sons. Prise de peur, Valentine se leva, marchant pieds nus, sans s'en apercevoir, sur le pavé froid de la chambre, carrelée en briques rouges cirées. Il y a encore, à Paris, nombre de premiers étages ainsi carrelés. La lumière bleuâtre de la lune, tombant à cru sur les meubles, sur les objets de toilette épars, leur imprimait un caractère étrangement effrayant. Valentine les touchait, en passant, pour s'assurer que c'était bien une réalité. Un silence relatif régnait dans la rue.

Valentine marchait avec cette allure oscillante, indécise, des personnes à moitié endormies et réveillées en sursaut. Elle entra dans le cabinet. Là, les voix devinrent plus distinctes. Elle reconnut celle de Puygirard. Ses mains, crispées contre le chambranle à crossettes de la porte la soutenaient à peine. Elle se prit à écouter, se souvenant de ce que lui avait dit Laure.

Dans la chambre de Madeleine, celle-ci et Puygirard disputaient. Il s'agissait de la proposition de Philippe. Madeleine voulait que Cyprien acceptât. L'autre refusait. Il n'avait pas d'argent. Madeleine le pressait, humble et suppliante à la fois. Ne l'avait-il pas perdue, et ne fallait-il pas qu'il la sauvegardât en cas de catastrophe? C'était un moyen de se revoir. Elle n'aimait que lui, ne vivait que pour lui, le suppliait, lui rappelant les plaisirs passés, lui démontrant le danger des plaisirs à venir, passionnée, chaleureuse, ardente. Puygirard répondait

d'un ton léger, badin, gouailleur et se moquait de son insistance.

Un filet de lumière passait par la serrure.
Valentine regarda. Puygirard, assis sur le
canapé, en manches de chemise, le col ouvert, le gilet déboutonné et les jambes croi-
sées, tenait à la main sa canne, dont il frappait le bout de sa botte. Madeleine, presque
nue, débraillée, un sein et l'épaule sortant du
dernier voile qui glissait, parlait haut, d'une
voix rauque, colère, et ne ménageait ni
l'expression pittoresque, ni l'injure, ni le
mot vulgaire. Le silence ironique de Puygirard, coupé par quelques réflexions brèves
l'exaspérait. Sa fureur croissante arrivait
au déshabillé des paroxysmes. Ses yeux
s'injectaient. Elle discourait sans s'éloigner
de la table à thé à dessus de marbre gris,
sur laquelle elle s'appuyait des deux poings,
le haut du corps projeté en avant, dans la
blancheur flottante de son vêtement de
nuit, qui dessinait par derrière la rondeur
de ses formes et, sur les côtés, le flasque de
ses hanches de femme enceinte. Sa voix
avait des tons hauts, aigus. Elle appelait

Puygirard : « brute ! » « misérable ! » « lâche ! » — C'était un malheur qu'elle se fut donnée à lui. — C'était un malheur, en effet, répondait Puygirard. Il essayait de paraître impassible, se contenait à grand-peine, faisait des phrases, où il mettait des mots latins, tâchait de la calmer. Au fond, il était aussi ému qu'elle-même. Toutes les rancœurs de Madeleine lui revenaient. Elle avait voulu de l'amour et n'avait trouvé que des sens. Elle était bien malheureuse, oh ! oui, bien malheureuse ! Ah ! si les femmes savaient ce que c'est qu'un amant, et comme le mari vaut mieux ! L'un, c'est l'amour calme, protecteur, sincère, sérieux, éprouvé, heureux et fier d'être l'amour ; l'autre, le regret, le remords, les transes de toute la vie, pour un moment de plaisir douteux, de subjectivités continues, de cachotteries honteuses. Puygirard répliqua en chantonnant un refrain de café-concert. Madeleine menaça de se confesser, de revenir au bien, de tout dire, de le faire chasser de partout, de crier par-dessus les toits ce qu'il était, un méchant homme, perdu

de vices, vaniteux. et avare; un pingre,
qui ne savait pas payer les femmes et
voulait de l'amour pour ses beaux yeux ;
un coureur de gueuses, habitué aux amours
buissonnières, et qui n'avait rien pour lui,
ni honnêteté, ni honneur, ni délicatesse.

— Vous ne ferez pas cela, dit Puygirard en se levant.

— Si je ne le ferai pas ? dit Madeleine.
Ah ! certes, oui ! je le ferai, dussé-je en
mourir !

— Vous êtes folle.

— Folle ou non, peu importe, je le ferai.
Qui m'en empêcherait ?

Moi ! fit Puygirard, qui ne se contenait
plus, en levant sa canne.

Madeleine n'attendit pas. Elle bondit
vers lui, les mains étendues en avant, les
doigts recourbés, prête à lui arracher les
yeux. Mais son mouvement n'alla pas plus
loin. Puygirard la saisit au passage, et la
faisant pivoter, il laissa retomber sa
canne.

Cela devint indescriptible. Madeleine,
maintenue à bout de bras par Puygirard,

faisait des efforts inouis, se tordant comme
un serpent, cherchant de sa main restée
libre à le saisir. Un moment elle l'attrapa
et lui arracha une poignée de cheveux.
L'autre n'en sentit rien. La canne, levée
régulièrement, retombait régulièrement
sur les reins de Madeleine, qu'elle sillon-
nait de longues traces bleuâtres.

Valentine n'avait pas vu la fin de cette
scène, car elle avait glissé évanouie, plutôt
qu'elle n'était tombée, près de cette porte
fatale, où Madeleine, en se levant, l'avait
trouvée le matin.

XXXVI

Le lendemain même de leur retour à Saint-J... Madeleine et Valentine reçurent la visite de Georges Hériart. Madame Erveu, assise près de la fenêtre, désœuvrée, regardait la rue. La rue, c'est la distraction des petites villes. Valentine, au piano, rêvait en la jouant lentement, très-lentement, une mélodie de Shubert, qui semblait pleurer dans la cadence monotone de sa mesure alanguie. Ni l'une ni l'autre ne parlait.

Georges entrait avec Philippe. Avant qu'ils eussent dit un mot, Valentine s'était levée et s'adressant à Georges, la voix altérée :

— Etes-vous homme, dit-elle, à suppor-
ter sans fléchir un grand chagrin ?

Georges devint tout pâle. Elle ajouta à
la hâte et d'un ton indifférent, quoiqu'elle
eut l'âme brisée :

— Je me suis bien consultée, je ne vous
aime pas, je ne puis vous épouser.

— Voilà, dit Georges, d'un ton blessé,
une épreuve dont vous auriez pu vous dis-
penser, Mademoiselle.

Madeleine avait levé la tête et écoutait.
Valentine fit un effort sur elle-même.

— C'est une épreuve, en effet, répondit-
elle, et aussi douloureuse pour vous, je le
sais, que pour moi ; mais, je vous le répète :

Sa voix s'étranglait légèrement ;

— Je ne puis vous épouser.

— Voyons, Valentine, dit Philippe,
Georges a, pour vous, une affection sincère
et votre refus me paraît tout à fait inexplicable.

— Il n'y a rien d'inexplicable là dedans,
fit Valentine. Je suis une honnête femme
qui ne veut pas tromper un honnête
homme, voilà tout.

Et se rasseyant derrière son piano, pour cacher ses larmes qui montaient :

— Demandez plutôt à Madeleine.

— Moi ! fit celle-ci, en se levant à son tour. Eh bon Dieu ! qu'est ce que vous voulez que je fasse dans toute cette histoire?

Georges reprit son chapeau, qu'il avait posé sur un meuble en entrant.

— Notre dernière entrevue aura été courte, Mademoiselle, dit-il, et je vous quitterai tout au moins avec la certitude heureuse que je ne vous laisse aucun regret.

Il s'arrêta, attendant une réponse.

— Ma pauvre mère, ajouta-t-il, n'acceptera pas sans peine votre nouvelle décision, elle, qui vous aurait tant aimée ! .

Et il reprit, avec cette contraction particulière des lèvres qui retiennent un sanglot :

— Pourtant, je vous demanderai la permission de ne pas lui faire part de votre détermination avant qu'elle ne soit devenue définitive.

— Allons ! fit Madeleine, laissons-là ces enfantillages !

9***

Valentine s'était relevée.

— Ce n'est pas un enfantillage, ma chère Madeleine, dit-elle, et s'adressant à Georges :

— Dites à Madame votre mère, que j'ai, pour elle, le respect le plus affectueux. Rapportez-lui notre conversation, elle est femme à comprendre. Adieu, Monsieur !

— Ah ! Valentine, dit Georges, suppliant, vous ne m'avez jamais aimé !

— Voici vos lettres, continua Valentine, en les prenant sur le piano. Je les avais conservées et je vous les rends. Je compte sur votre délicatesse pour brûler celles que je vous ai écrites.

Philippe s'approchait d'elle.

— Ah ! laissez-moi ! fit elle, laissez-moi ! je vous en prie, laissez-moi ! ne voyez vous pas que je suis à bout de forces ?

— Venez ! dit Philippe. Rien n'est perdu. Elle vous aime encore.

Madeleine était blanche comme un linge.

— Adieu ! Madame, lui dit Georges. Je ne vous reverrai probablement jamais, et si j'avais prévu une scène qui semble vous

affecter si profondément croyez-bien que
je l'eusse évitée à tout prix.

— Ah ! bah ! fit Madeleine, un caprice !
au revoir !

Puis, revenant vers Valentine, quand
elles furent seules.

— Mais, malheureuse enfant, ne vois-tu
pas que tu me perds ?

La jeune fille gardait le silence.

— Crois-tu qu'on ait été dupe de ton
mensonge ? tu l'aimes encore ?

— Eh ! s'écria Valentine, l'eussé-je refusé
si je ne l'aimais pas ?

— Pourquoi mens-tu, alors ?

— Et toi ? demanda Valentine, en la
regardant dans les yeux.

Madeleine recula.

— Pourquoi je mens ? reprit elle, parce
que tu as menti ! parce qu'on n'apporte pas
seulement dans le mariage son honnêteté
à soi, mais l'honnêteté de tous les siens ;
parce que si mon mari me disait un jour :
« votre sœur avait un amant, et vous le
saviez ! » je n'aurais qu'à baisser la tête, et
à mourir de honte !

— Tais-toi, dit Madeleine, tais-toi !

— Oh ! cette nuit ! continuait Valentine,
cette nuit ! quel supplice ! Je donnerais ma
vie pour ne pas l'avoir subie ! je donne
plus que ma vie pour en avoir été témoin !
Ah ! tu ne savais pas cela, toi, que je
l'aime !... Enfin !

Et, essayant de sourire :

— Lui ou un autre ! qu'importe ! Ce
qui est fait est fait, n'en parlons plus.

Madeleine suivait son idée.

— Philippe se doutera de quelque chose;
il t'interrogera. Que répondras-tu?

— Je ne veux pas me marier. — Elle
reprit : J'ai reçu une lettre de Paul. Il
arrive.

— Ah! fit Madeleine, c'est le dernier
coup; il me tuera, lui ! et elle ajoutait sans
comprendre : Il m'en a déjà menacée, une
fois !

— Chut ! dit Valentine; voici Philippe.

Philippe rentrait, en effet. Il remarqua
la pâleur de Madeleine :

— Ma chère enfant, lui dit-il, tout ceci

te fatigue. J'ai besoin de parler à ta sœur. Veux-tu rentrer chez toi!

— Non! dit Madeleine, qui voulait surveiller Valentine, je me sens forte.

Cet intermède avait suffi à Valentine pour reprendre ses esprits.

— Pourquoi, lui dit Philippe, et, vous le voyez, je vais droit au but, avez-vous refusé les propositions de Georges?

Madeleine, attentive, faisait semblant d'être très-occupée à son travail de broderie. Valentine répondit.

— M. Hériart vous a prié d'être son avocat?

— Il ne m'en a pas prié. C'est moi qui le lui ai proposé. Voulez-vous de ma médiation?

Valentine, assise près du piano, esquissait d'une main légère la romance de Siebel, dans *Faust :* Faites-lui mes aveux, portez mes vœux.

— Un air de musique n'est pas une réponse, dit Philippe, et vos résolutions doivent avoir une cause qui m'échappe.

Valentine joua l'air du *Châlet :* « Liberté chérie, seul bien de la vie! »

— Ces gamines, reprit Philippe, savent
parler sans rien dire! Voulez-vous m'accepter comme arbitre entre Georges et vous?

Cette fois, ce fut l'air des *Mousqueta res* :
« Comme un bon ange » qui s'échappa des
doigts dociles de Valentine.

— Vous moquez-vous de moi? fit Philippe,
qui commençait à s'impatienter.

— Je ne veux pas me marier, répondit
Valentine.

— Parce que?

— Je l'ai déjà dit. Je n'ai de préférences
pour personne.

— Alors, si vous n'avez de préférences
pour personne, pourquoi avez-vous encou-
ragé les assiduités de Georges?

Valentine avait la réponse prête.

— C'est si amusant de se faire faire la
cour. Cela n'est pas défendu, je suppose.

— Défendu ou non, ce n'est pas honnête,
et savez-vous ce qu'on dira? On dira que
vous acceptiez Georges quand il avait quelque argent à lui, et que vous le refusez dès
que cet argent est soumis aux hasards
d'une entreprise qui pourrait ne pas réussir.

Valentine s'était redressée; un regard suppliant de Madeleine lui fit dévorer l'outrage. Elle répondit :

— On dirait vrai, grand frère !

— Quoi ? dit Philippe effaré, quoi ? C'est pour cela ?

— Pour cela même ! Vous m'avez habituée à l'aisance, et la misère dans le mariage, avec son cortège d'enfants qui pleurent, n'a rien qui m'attire.

— Pourtant, si Georges réussit, et il a toutes les chances de le faire ?

— Je lui en fais bien mon compliment.

— Et s'il se ruine, je suis ruiné aussi, et tout le pays avec nous.

— Raison de plus, grand frère, pour que nous restions avec vous. Nous ne serons pas trop de deux pour vous aimer.

— Georges aussi a besoin d'être aimé.

Valentine se raidissait.

— Il est jeune, dit-elle, il a l'avenir devant lui. Il entreprendra autre chose.

Philippe tâta une autre corde.

— Georges a sa mère. Il l'adore et elle vous aime. L'affection de ses enfants l'au-

rait consolée. Je vous dis ça comme il vous
l'a dit. Que voulez-vous qu'il lui réponde?

Cet interrogatoire énervait Valentine.
Elle devenait brutale.

— Tout ce qu'il voudra, répliqua-t-elle.

Philippe tenta la dernière expérience :

— Et s'il en meurt?

La jeune fille se taisait.

— Vous n'avez rien de plus à lui dire?

Madeleine, par-dessus son ouvrage, regardait sa sœur.

— Dites à M. Hériart, reprit celle-ci, que
s'il a cru à quelque coquetterie de ma
part, j'en suis au désespoir, mais que je ne
puis l'épouser.

— Vous êtes une fille bien raisonnable,
dit Philippe en sortant.

— Bien raisonnable, en effet, répondit-
elle, et, tombant en sanglotant sur un fauteuil : Ah! mon Dieu! mon Dieu! que vous
ai-je donc fait pour être torturée ainsi.

———————

XXXVII

Il était dit que ce jour serait la fin de tout. C'était un jour néfaste. Madeleine voulait sortir, voir Puygirard malgré la scène de Paris, voir Lambezat, prendre conseil d'eux. Les visites se succédaient; Blanchemain lui tâtait le pouls, en vers; Jappeloup, qui n'était qu'à moitié dans les secrets de sa femme, lui parlait musique, son éternelle musique. Ils avaient amené leur famille et agissaient en habitués de la maison, s'éternisant sur leurs fauteuils, recevant les autres visiteurs moins intimes qu'eux, avec un air un peu protecteur, un peu amical, les saluant de petits signes de tête. Ils leur faisaient place dans leur

10

cercle, car ils étaient assis en demi-cercle,
comme au Théâtre-Français, dans les comédies de Molière. Madeleine n'osait les ren-
voyer et redoutait l'arrivée de Claire et de
Lambezat, qui n'étaient pas encore venus.
Jappeloup, en attendant, tortillait un papier
et parlait d'une mélodie composée par lui
à Paris. C'était sa première œuvre. Mais
Madeleine n'écoutait pas. Elle était acca-
parée par ses amies, qui s'intéressaient à
sa grossesse récente, lui demandant des
récits, entrant dans des détails de bonne
femme, faisant des pronostics. On voulait
savoir. « Et l'appétit, ça marchait? » On
s'attachait à prédire si ce serait fille ou
garçon. Chacune racontait ses propres gros-
sesses, en tirait des inductions, avec de
petites confidences sur le mari; sans respect
pour les jeunes filles, qui, les yeux modes-
tement baissés, écoutaient de tout ce que la
nature leur avait donné d'oreilles. Madeleine était exaspérée. L'heure n'était pas à
ces miévreries et elle aurait tout jeté à la
porte, si elle l'eut osé.

Enfin, vers cinq heures, cela finit. Blan-

chemain était appelé par un malade, au
loin. Les femmes avaient leurs « cuisines »
à faire. « Les hommes sont si difficiles sur
la mangeaille. » Tout le monde sortit,
moins Jappeloup et sa mélodie, que Madeleine trouva détestable.

Dès qu'elle fut libre, elle courut à l'hôtel.
Premier contre-temps, Puygirard n'y était
pas. Elle alla chez Lambezat. Justement
Claire venait de sortir. Orlando était seul
et ne l'attendait pas. Le moment des mensonges semblait passé. Elle lui dit tout,
ou à peu près tout, le voyage à Paris, la
conduite de Valentine basée sur des —
« soupçons », — le retour de son frère, se
réservant cependant, malgré cet accès de
confiance, les choses qu'elle pouvait cacher.

La prudence de Lambezat se trouvait fort
embarrassée. Il se trouvait engagé lui-
même. S'il n'y avait rien avec Puygirard, il
fallait s'en ouvrir à Philippe et ne pas s'en
ouvrir, en le laissant, bien entendu, lui,
Lambezat, complétement dans l'ombre.
Madeleine ne comprenait pas cela. Il y
avait donc quelque chose ? Lambezat n'était

pas rassuré. Il savait comment, avec le
premier fil d'une existence, un homme
intelligent peut arriver à en démêler
la trame toute entière. Ce qui le frappait, c'était ses intérêts ruinés, un procès scandaleux, les comptes rendus de
la Gazette des Tribunaux, les résultats possibles de la colère de Philippe, en tous
cas, une fort méchante affaire. On ne savait
pas où cela pouvait aller. Des maris avaient
tué leurs femmes, à moins que les femmes...
Il effrayait Madeleine plus qu'il n'était effrayé
lui-même, et ce n'est pas peu dire. En
somme, c'était une impasse et nul moyen
d'en sortir.

Cependant Madeleine discutait pied à
pied, cherchait des combinaisons, disant :
« Si j'essayais de ceci, de cela ; » et revenant ensuite à son indécision, aux craintes,
aux doutes, aux soupçons que pouvait faire
naître dans l'esprit de Philippe le refus inexpliqué de Valentine. Elle ne craignait pas la
mort, non ! ce n'était pas cela, mais que son
mari la chassât comme une servante infidèle.
Elle ferait tout, oui, tout, pour éviter cette

honte. La mort, c'est fini ! mais être ren-
voyée, répudiée, montrée au doigt, était
impossible. Elle s'exaltait, maudissant son
passé, criant, mais trop tard, « si j'avais
su ! » Lambezat ne pouvait parvenir à la
calmer.

Il y arriva pourtant, lui montrant le
chimérique de ses craintes. Philippe ne
savait rien encore. Valentine ne parlerait
pas et son refus mystérieux n'avait rien
d'inexplicable. Le mieux était d'attendre.
Madeleine promit de le faire, tout en gardant en elle-même l'inébranlable volonté de
se soustraire, par n'importe quel moyen, à
n'importe quel châtiment.

Pendant ce temps, le clan des Courtenbois avait fait son œuvre, en écrivant à
Philippe.

XXXVIII

La maladie de ce dernier s'était aggravée
peu à peu, et, malgré les soins, se démon-
trait par le brillant des yeux, le coloris
ardent et la bouffissure des joues. Ce
jour-là le visage était pâle et les lèvres
bleuissantes.

Assis dans le cabinet, où l'avaient relé-
gué sa volonté et les désirs secrets de Madeleine, instinctivement, il comparait la chambre chaude qu'il avait quittée, le voluptueux
de ses meubles, la gaieté de son feu clair,
l'hiver, de son soleil, l'été, l'alcôve heureuse,
pleine des premiers souvenirs, rayonnante
des premières caresses, tout ce qui était
le bonheur passé, joyeux et tendre, avec

ce qu'il avait maintenant, les chaises et le
fauteuil de paille, le carrelage ciré et passé
en couleur rouge, la table de bois blanc sur
tréteaux, le lit de fer sans rideaux, le poêle
de fonte, dans une cheminée de pierre, où
reposait le verre, — en verre, — dans
lequel il buvait ses dangereux remèdes.
Une tristesse lourde, une amertume profonde, un dégoût le prenaient, l'envahis-
saient, en face et de ce qu'il avait rêvé, et
de ce qui lui était dévoilé par la lettre anonyme des Courtenbois, toute grande ouverte devant lui.

Il avait dit d'abord : « les misérables ! »
puis s'était ravisé. « Une lettre anonyme n'est
pas une preuve. » Pourtant, celle-ci avait
sa raison d'être. L'introduction si inattendue de Georges par Madeleine, — les délais
demandés par le jeune ingénieur pour
retarder son mariage, le refus de Valentine ;
cela était logique, indiscutable et vrai. Et
ce Puygirard, à qui, lui, l'innocent, venait
de proposer une association ! La lettre trouvée à l'église, car les Courtenbois n'ou-
bliaient rien et savaient beaucoup, les

voyages sans raisons de Madeleine, la saison de Paris, avec la fausse sœur et le beau-
frère non moins imaginaire, tout était écrit.
Philippe reprenait la correspondance de
Valentine, y retrouvait le parti pris d'éloigner celle-ci, en lui confiant Laure, pour
rester en tête à tête. Et cette demande d'appel immédiat? N'était-ce pas évident?

Néanmoins, il doutait encore. Jamais il
n'avait plus aimé Madeleine. Jamais celle-
ci ne s'était montrée plus soucieuse de son
intérieur et des soins qu'il comporte, depuis un an surtout. Une douleur aiguë
mordait Philippe au cœur. Il avait envie
de se tuer ou de tuer. Mais qui? une vieille
épée Louis XIII, achetée dans une ferme,
pendait au mur. Il la prit, la fit ployer sur
le carreau, en essaya la pointe et la remit
en place. Cet examen l'avait distrait. Il y
avait, en outre, Valentine, qui avait besoin
de lui, Paul, qui était maintenant un honnête homme et un vaillant soldat, et le pays
dont les intérêts se trouvaient entre ses
mains.

Il fallait punir. Cette idée fixe le dominait.

10°

Comment ? Avait-il le droit de frapper sans entendre les coupables ? Et s'il les entendait, ne se laisserait-il pas fléchir par l'affection qu'il leur portait ?. Qui sait si le pardon ne vaudrait pas mieux ?

Il fit quelques pas par la chambre, et :

— Ah ! je suis lâche, dit-il.

Georges entrait. Une idée lui vint. Il allait donc savoir quelque chose.

— Eh bien, dit Georges, Mlle Valentine ?

— Elle refuse toujours, répondit Philippe, qui se recueillait pour frapper un grand coup et reprit, regardant Georges dans les yeux :

— Elle prétend que vous avez été l'amant de sa sœur.

Le jeune homme ne sourcilla pas.

— La plaisanterie, mon cher Philippe, dit-il, a trop duré ; et je la trouve de fort mauvais goût, surtout...

— Surtout ?

— Surtout si elle est de Mlle Valentine, ce que vous me permettrez de ne pas croire.

Philippe avait été trop loin et vit tout de

suite sa faute. Le sang-froid de Georges le déconcertait. Il reprit :

— Non ! la plaisanterie est de moi. J'ai voulu savoir si vous l'aimiez encore.

— Mais, dit Georges, je l'ai toujours aimée, ne le savez vous pas ?

— Vrai ? s'écria Philippe, dites-vous vrai, Georges ? et ses doutes le reprenant :

— On voit tant de choses étranges aujourd'hui. Cela n'empêcherait pas l'autre.

— Je vous demande pardon, insista Georges, mais je ne vous comprends pas. L'attitude de Mlle Valentine, vos airs troublés, ces mots mystérieux, qu'est-ce que tout cela veut dire ?

Philippe prit la lettre des Courtenbois et la lui tendit.

— Lisez, dit-il.

— Eh bien, après ? c'est une infamie, voilà tout ! Mais aujourd'hui il n'y a pas de bons mariages sans lettre anonyme. Cela rentre dans la corbeille.

Philippe songeait : Il est bien tranquille !

— Ce qu'il y a de certain, fit-il, c'est

que Madeleine ne s'oppose pas à votre mariage.

—Elle ne s'y est jamais opposée. Je crois même qu'elle ne s'en est jamais bien préoccupée et n'a cherché d'objections ni pour, ni contre.

— Elle n'y croyait peut-être pas?

— Elle y croyait comme à toute chose fixée, déterminée et sur laquelle il n'y a pas à revenir. Notre mariage était, je pense, pour madame Erveu, ce qu'il était pour Mlle Valentine et pour moi, un fait auquel il ne manquait que les sanctions légale et religieuse.

Philippe réfléchissait profondément. Après un silence :

— Pouvez-vous me jurer, Georges, que vous me dites la vérité vraie, la vérité absolue, sans arrière-pensée, sans détours, la vérité complète ?

— Pourquoi vous le jurerais-je si vous ne croyez pas à ma parole, et pourquoi ne le jurerais-je pas, puisque c'est vrai ? — Écoutez, Philippe, ajouta-t-il, j'aurais été ce que vous avez pensé un instant, mon

devoir de galant homme m'obligerait à vous
faire le serment que vous me demandez.
Mais, puisque vous vous en rapportez à ma
loyauté d'honnête homme, j'affirme vous
avoir dit la vérité vraie, la vérité absolue,
sans arrière-pensée, sans détours, la vérité
complète.

Philippe se disait : Il n'a pourtant pas
l'air de mentir. Il reprit :

— Je vous crois volontiers. Mais comment expliquez-vous le refus de Valentine,
et la seconde partie de la lettre?

— Quant aux causes du refus de Mademoiselle Valentine, le meilleur moyen est
de les savoir d'elle-même, et je me défie du
reste.

— Alors, vous ne croyez pas à Puygirard, vous?

— Non! et vous ?

— Hélas, dit Philippe, moi, j'y crois, et
je souffre, je souffre horriblement.

Il se tordait les mains, perdu qu'il était
dans l'effarement de ses doutes.

—Oui ! je souffre, continua-t-il, et ce qu'il
y a de plus terrible à avouer, c'est que vos

explications si nettes et si franches me convainquent à peine ; c'est que vous l'avez dit vous-même, votre devoir de galant homme vous obligerait à jurer ce que je vous ai demandé.

— Eh ! croyez-vous donc, dit Georges, que si j'avais une preuve à vous donner, je ne l'eusse pas fait tout de suite ?

A ce moment la porte s'ouvrait. C'était Claire. Georges la vit.

— Ah ! s'écria-t-il, la parole toujours sincère de madame Lambezat vous suffira-t-elle ?

— Qu'y a-t-il ? demanda Claire. Vous me constituez en tribunal, comme ça, tout de suite. J'ai la robe ; aurai-je la raison, n'ayant pas la toque ? Où est l'accusé ?

— Moi, fit Georges.

— Je vous condamne d'avance, et l'accusateur ?

— Il s'agit de choses graves, dit Philippe, et allant droit devant lui : — Une lettre anonyme prétend que M. Hériart, — il baissa la voix, la chose lui paraissant dure à dire devant un tiers, — a été l'amant de ma femme.

Claire, prise à l'improviste, ne put retenir un :

— Mais non ! ce n'est pas lui !

— Qui donc alors ? dit Philippe.

Et comme Claire se taisait :

— Ecoutez, chère madame, continua-t-il, j'étais plein d'indulgence pour Georges, parce que je sentais bien que, dans la circonstance, il aurait été, non le séducteur, mais le séduit. J'aurais tenu compte de ceci dans le châtiment. Mais, un autre ! ah ! je vous jure Dieu, madame, quel qu'il soit et où qu'il se cache, je le tuerai.

Claire, subitement remise d'une alerte aussi chaude, répondit :

— Là ! Là ! mon cher Philippe, quelle chaleur ! Calmez-vous. Qui vous dit qu'il y en ait un autre ?

— Il y a Puygirard et quelqu'un avant lui.

Claire songeait à son mari : elle voulut en avoir le cœur net.

— La jalousie vous égare, mon pauvre

ami; qui voulez-vous que ce soit ? mon
mari, peut-être ?

— Eh non ! votre mari n'a pas le
temps.

— Vous voyez bien, dit Claire, soulagée
d'un grand poids, et les autres non plus !
Eh ! mon cher Philippe, ajouta-t-elle, nous
avons trop à perdre, nous autres femmes,
à ces sortes de choses.

Georges se disait tout bas :

— Raison de plus.

Philippe répondit, très-calme.

— Je vous demande pardon de ces explications ridicules et j'aurais dû me douter
que vous ne me diriez rien ! — Et se tournant
vers Georges : Oubliez, mon cher ami, mes
soupçons que je reconnais mal fondés. Je
verrai Valentine et ferai mon possible pour
vous la ramener. — Quant à vous, dit-il,
en revenant à Claire, ayez l'obligeance de
m'envoyer Madeleine, si elle est chez vous,
comme je le présume. Adieu.

— Que pensez-vous de tout ceci ? demanda
Georges à Claire, dans la rue.

— Je pense, répondit Claire, qu'il vous a appelé : « mon cher ami », qu'il accepte philosophiquement la situation, qu'il ne croit pas un mot de tout ce que nous lui avons dit, et que Dieu seul, ou le Diable sait ce qui va sortir de là.

XXXIX

La chambre de Madeleine, quand Philippe y entra, était pleine de ces parfums qu'aiment les femmes de trente ans. Des odeurs fortes filtraient des tiroirs de la commode-toilette, de l'alcôve, des fauteuils, sur les housses desquels la poudre de riz laissait sa trace, de l'armoire à glace pleine de linge. Philippe y vit son image et fut effrayé.

Il se dirigea vers ce dernier meuble. Son idée bien arrêtée était d'en finir, coûte que coûte. Il y a des doutes plus cruels que la certitude. La certitude tue quelquefois, le doute fait mourir. La première vaut mieux.

Sa main, qui tenait son trousseau de clefs, tremblait légèrement, car, après tout, il allait violer le secret d'une femme, la cachette mystérieuse où elle met ce qu'elle a de plus intime, et ouvrir, à la page peut-être la plus douloureuse pour lui, ce livre des pensées absconses que toute jeune fille commence au couvent et qu'elle continue mariée. Sa vie devait être renfermée là dedans. Sa vie et celle de cette Madeleine qui ne l'aimait plus, cela est certain. Voilà pourquoi sa main tremblait.

Il essaya toutes les clefs, les unes après les autres. Aucune n'allait. Il essaya de nouveau, y mettant un acharnement, une obstination infatigables ; l'opiniâtreté de l'homme qui marche vers un but fatal, le sait et ne peut s'arrêter. La serrure, une de ces serrures banales des meubles de Paris, ne se prêtait pas à cette violation. Il essaya une troisième fois, se disant que ce serait la dernière. La rage le prenait, une rage froide. Alors, saisissant à poignée, comme un casse-tête, ce trousseau de clefs imbéciles, il se mit à frapper, à tour de bras, au milieu de la glace de l'armoire, dont les éclats s'éparpillèrent de tous côtés.

Un dernier rayon de soleil inondait la chambre, à travers l'entrebâillement des persiennes, d'une traînée de poussière lumineuse : une de ces traînées où les fumeurs aiment à lancer leur fumée, qui prend des formes étranges et se contourne en cercles fantastiques, en spirales ondulantes, en tremblantes colonnades, en nuages changeants. Des morceaux de glace, jetés sur le parquet par la furie de Philippe, faisaient un miroitement blanc dans cette lumière et un paillettement de parcelles de verre, éparses, comme des gouttelettes diamantées, sur le tapis usé. Où la serrure avait résisté, le poing avait fait son œuvre. Il ne restait plus que la mince planchette destinée à garantir le fond de la glace. Cet obstacle fut vaincu.

En haut, tout en haut, bien au-dessus du compartiment où s'empilaient, dans leur blancheur parfumée, les chemises bordées de guipure, en haut, sous les cravates en satin, les mouchoirs en dentelle, les gants,

pliés l'un dans l'autre et jetés pêle-mêle,
il y avait un cahier et des lettres, nouées
d'un vieux ruban.

Philippe prit le tout et se sauva comme
un voleur.

Oh! ce qu'il disait, ce cahier! les premières heures enivrantes, les énervements
passagers, l'ennui monotone, l'indifférence
progressive, l'outrageante passivité dans
l'amour, et, — mêlée à une haine nais-
sante, — l'envie, cette envie que, plus ou
moins, ont toutes les femmes honnêtes,
l'envie de l'amant. Des premières pages
se dégageaient l'accusation et la défense :
accusation contre le mari, défense pour
l'épouse. Philippe lisait, avec une passion
pleine d'amertume, cette confession brû-
lante de chaque jour, où la femme qui
écrit, si elle ment encore, ment moins qu'à
l'habitude. Des phrases inouïes étaient là
dedans, des phrases désolantes qui, malgré la pudeur de leur forme, lui faisaient
monter le rouge au front. Quelque chose
comme un idéalisme bâtard, avec l'adultère
pour base, vague, banal, rêvé d'après les

romans du jour, l'adultère sans nom d'auteur, fait moitié de l'indifférence pour le mari, moitié de l'amour du neuf, quel qu'il soit.

Philippe était écœuré et navré. Il ferma le livre et prit les lettres. La liasse était enveloppée d'un papier froissé, couvert de l'écriture de Madeleine. C'était un billet adressé à Lambezat et non parvenu. Les autres lettres étaient de Puygirard. Philippe atterré, les parcourait, les mettant machinalement par ordre de date, les lisant une à une, savourant sa douleur, se rappelant combien elle avait été charmante dans les derniers temps, s'expliquant des mots nouveaux qu'elle lui avait dits, des façons mignonnes, mignardes qu'il ne lui connaissait pas, et ne s'apercevant pas que Madeleine était, en ce moment même, devant lui.

Philippe, en relevant la tête, l'aperçut:
— Vous ne pensez pas, je suppose, fit-

elle, toute raide dans sa froideur indignée, qu'après ce que vous avez fait, je demeure plus longtemps avec vous?

Philippe reste abasourdi. Quoi! Il venait de tout apprendre et c'est elle qui tenait la tête haute et lui qui l'aurait baissée! Il lui prit comme une envie folle de la tuer sur place, ce serpent! Mais il se contint.

— Je le pense tellement peu, répondit-il, que, dès ce soir, vous irez habiter la campagne, et n'en sortirez plus, à moins que...

— A moins que.

— A moins que vous ne préfériez le scandale d'une séparation de corps.

— Vous êtes fou! dit Madeleine.

Philippe serra les lettres et le cahier dans le tiroir de sa table, dont il prit la clef.

— Je ne suis pas fou, répondit-il, en se levant : vous ne m'aimez pas, je ne vous aime plus et c'est ma ferme volonté.

Madeleine le sentait bien que c'était sa volonté. Elle se rebiffa, de peur de plier, et reprit, avec la vulgarité des gens qui se mettent en colère.

— Avec ça que j'y resterai, à votre campagne ! Comptez là-dessus !

— Vous y ferez, dit Philippe, ce qu'il vous plaira. Mais ce qu'il y a de certain, c'est que vous n'en sortirez avec aucun de vos anciens amants.

— Parce que ?

— Parce que je les tuerai d'abord.

Il dit cela simplement, comme une chose fatale et irrévocable.

Une idée infernale traversa l'esprit de Madeleine.

— Vous ! fit-elle. Allons donc ! Vous êtes bien trop lâche !

Les lèvres de Philippe devinrent violettes ; il marcha droit sur Madeleine, qui recula.

— Aimez-vous mieux que ce soit vous que je tue ? Et pensez-vous qu'il y ait un tribunal pour me condamner, quand, vos lettres en mains, je lui dirai ce que j'ai fait pour vous et ce que vous avez été pour moi. D'ailleurs, reprit-il, n'imaginez pas que ce soit par pitié que je vous épargne. Je ne vous hais ni ne vous estime et me figure

10"

que vous ne valez pas aujourd'hui la peine
d'un châtiment.

Madeleine avait eu peur. Ce qui l'effrayait en tout ceci, c'était la mort possible.
Celle-ci s'éloignant, rien n'était perdu ; elle
reprit :

— C'est vraiment d'un galant homme
d'insulter une femme et me ferez-vous, tout
au moins, le plaisir de me dire si vous me
rendrez mes lettres.

Philippe la considérait. Cette tranquillité apparente l'épouvantait.

— Non ! fit-il, jamais ! Même quand Paul
les aura lues.

Cette fois, la chose devenait grave. Son
frère ne serait pas aussi coulant que son
mari.

— Ah ! demanda-t-elle, vous voulez les
faire lire?

— Paul, répondit Philippe, est le chef
de votre famille ; je lui dois compte de votre
conduite et j'attends, de lui, l'approbation
de la mienne.

L'impassibilité de Madeleine s'évanouis-
sait; pourtant, elle réagissait encore.

— Comme il vous plaira ! fit-elle. Elle ajouta : Néanmoins, vous m'expliquerez bien, j'espère, de quel droit vous êtes allé chercher ces vieux papiers.

Philippe, inflexible, répondit :

— Quand vous m'aurez dit de quel droit vous avez permis qu'ils vous fussent adressés.

Madeleine n'était pas habituée à tant de résistance et à une résistance si glaciale. En retrouvant son armoire brisée, ses lettres disparues, elle avait compté sur une scène violente et se trouvait, au contraire, en face d'une volonté froide, imperturbable, nettement formulée et dont l'irrévocabilité pesait sur elle. Madeleine voulut essayer d'autre chose :

— Philippe ! supplia-t-elle.

Son mari était à la porte.

— Je vais, dit-il, en se retournant, donner des ordres pour votre départ.

Lui sorti, Madeleine fut prise d'une peur folle. Son frère allait arriver, — demain, peut-être. — On lui dirait tout. Qui sait ce qui adviendrait ? Ces soldats sont si brutes

et ont., sur l'honneur, de si drôles d'idées.
Elle serait loin, mais ne saurait-il la rencontrer ?

Elle fit un retour sur sa vie passée. C'est
vrai qu'elle avait eu des amants, qu'elle
s'en était donné à cœur joie, regrettant de
ne pas en avoir encore fait assez. Un sourire
féroce de haine inassouvie errait sur sa
lèvre quand elle se rappelait les bons tours
qu'elle avaient joués et les plaisirs qu'elle
avait eus. Plaisirs bien fades, pensait Madeleine, vis-à-vis de ceux de certaines femmes qui ont des sens. Elle ! elle en avait
peu. Et ce Philippe ! Etait-il assez débon-
naire ? Pardonne-t-on ces choses là ? L'autre, — Paul, — en ferait-il autant ?

Son frère lui revenait à la pensée. Elle
le voyait avec cette lucidité particulière,
précise, des rêves qu'on fait entre le commencement du sommeil et l'endormisse-
ment complet. Il lui apparaissait dans une
situation de roman, ridicule et terrible, avec
des gestes effrayants, des mots terrifiants,
quelque chose comme un croquemitaine-
bourreau. Des scènes de journaux illustrés

à un sou se peignaient devant ses yeux. La
femme échevelée, se traînant à genoux, la
robe déchirée, les seins à nu, effarée, dans
l'épouvantement de la mort prochaine, la
tête en arrière , les bras étendus, le corps
convulsé dans l'effort d'une prière suprême, tandis que le justicier, impassible,
arme froidement ses pistolets. Puis: le
corps à terre, dégouttant d'un sang rouge,
qui coule sur le carreau, filtre sous la
porte, s'égoutte en ruisselets , forme des
plaques où glisse le pied des croque-morts
rasés de près et blêmes sous leur livrée
noire.

Cette épouvantable vision ne dura que
quelques minutes. Une autre pensée se faisait jour, pénétrante, agissant, à la façon
du vitriol, sur le cerveau sensibilisé outre
mesure par tous ces événements. Paul
n'agirait pas sans preuves. Il voudrait les
voir, les lire, les approfondir. On les lui
confierait, ces preuves ! et elles étaient là,
dans ce tiroir, à portée de sa main.

Elle courut à la table, et voulut l'ouvrir.
sa main était trop faible. Ses ongles

s'usaient, s'éraillaient, éclataient, se déchi-
raient, remplissant leurs bords d'une petite
ligne sanguinolente. Un couteau se trouvait sur la table. Madeleine tenta de peser
sur la serrure. La lame se brisa dans
l'enjointure à peine écornée, où elle laissa
sa marque. Le tiroir, plus solide que son
armoire à glace, résistait. En brisant la
table, peut-être? Elle tira sur l'un des
pieds, arc-boutée par le mur, espérant faire
un disjointement, par où sa main fluette
de femme put se glisser, au risque des dé-
chirures. Rien ne se produisit.

L'heure du souper était passée. Personne
ne l'avait appelée. Elle songeait aussi à
cela, avec colère, et avait faim. Mais elle
voulait avoir les lettres. Philippe était à
table, probablement. Son imagination les
voyait tous, assis autour de la nappe blanche, et sa place vide en attendant, en face
de la fenêtre, garnie de volubilis gais,
tamisant la lumière dans l'ombre verte des
feuilles et l'ombre rose des fleurs.

En outre, il y avait l'enfant. Philippe
n'en avait pas parlé. Que ferait-il? Que déci

derait-il à cet égard ? Peu importait ! Madeleine réfléchissait, appuyée à la cheminée,
dans la chambre assombrie maintenant.
Les tiraillements de son estomac l'agaçaient,
l'empêchaient de penser. Un mêli-mêlo, un
tourbillonnement d'idées s'agitaient dans
la fièvre confusément troublante de son
cerveau, où revenait, avec une régularité
monotone et psalmodiante cette phrase :
« Si je n'ai pas les lettres, Paul me tuera demain ! » qu'elle se disait à demi-voix.

De l'indécis se dégageait des choses, qui
s'estompaient dans l'enveloppement gra-
duel et doux d'une nuit d'été. Madeleine
regardait ses doigts meurtris, ses ongles
ensanglantés. La vision rouge revenait.
Ses regards tombèrent sur la cheminée et y
virent ce terrible remède de Philippe, dont
quelques gouttes suffisent pour tuer un
homme, et....

Il y a toujours, au fond de la conscience
humaine, un asile inviolé, mystérieux, des
ultimes bonnes pensées. Mais il y a aussi
ce que les criminels appellent : l'entraîne-
ment fatal des nécessités sociales, et qui

n'est autre chose que l'engrenage du crime. Après avoir reculé jusqu'au fond de la chambre, Madeleine revint à la cheminée.

Autre phénomène : ce dernier mouvement était arrêté par ses derniers remords. Elle se disait, se répétait, se murmurait, à satiété, sans trêve : « C'est mal, c'est bien mal ! » espérant, — qui sait ce qui se passe en ces âmes meurtries ? espérant trouver peut-être la force de ne pas aller plus loin. Au fond, elle ne s'écoutait plus, n'entendant que le retour invariable, crispant, acharné de la phrase : « les lettres ! Paul me tuera demain. »

La folie montait : la matière cérébrale était engagée, comme en un étau, sous les battements sourds de la tempe enfiévrée. Peu à peu, les idées se dessinaient avec une étrange netteté. Les objets extérieurs prenaient, malgré la nuit, des contours précis, tranchés, des formes carrément et vivement accusées. Ils se gravaient dans la mémoire avec l'étrangeté de leurs ombres portées, leurs petits défauts, des détails jusqu'alors

inaperçus, l'agencement de leur désordre.
Madeleine remarqua le petit poêle de fonte,
encastré dans la cheminée par un brique-
tage vulgaire. C'était laid. Elle ferait changer cela, son deuil fini.

Elle avait, de ses actes, la conscience
physique. La conscience morale n'existait
plus. Cela lui paraissait tout simple. La
défense de soi est permise. Ses mouvements
l'avaient portée seuls, quoique avec une rai-
deur un peu automatique, espacés par des
temps très-courts, du côté de la cheminée.
Le verre était près de la fiole, elle versa.

Un instant, elle rêva d'en boire le contenu,
d'en finir tout à fait. Le verre à la main, elle
le contemplait d'un œil fixe, atone, l'odo-
rait, songeant qu'après tout, cela n'était pas
mauvais; que ce n'était que du sommeil,
l'assoupissement éternel et heureux des
forces, des sens, de l'idée. Mais l'expectative
de l'inconnu et la crainte de la douleur
physique l'arrêtèrent. Elle reposa le verre et
s'éloigna.

Il était temps. Philippe entrait.

XL

Le malade couché sur son lit, se souleva un peu et demanda : le prêtre ?

Un grand silence coupé de sanglots. Sur la table débarrassée de ses papiers, une toile blanche, deux bougies allumées dans leurs flambeaux de cuivre, un Christ, tourné vers Philippe.

Il est deux heures du matin. Le médecin Blanchemain n'est pas encore venu. Appelé quelque temps auparavant, il n'avait pas dit où il allait. L'exprès, envoyé à la ville voisine, pour chercher un autre médecin, n'était pas de retour. Le pharmacien ne savait que faire.

Madeleine était affaissée au pied du lit :

Valentine à genoux près d'elle, pleurait, Georges pleurait, Claire, oublieuse du passé en cette heure solennelle, Nanon, essuyant avec un linge les déjections sur le parquet, pleuraient. Deux religieuses, pareilles à des statues de marbre gris clair, priaient dans un coin.

Le malade souffrait des palpitations effroyables. Il avait des nausées, suivies d'effet. On voyait l'ondulation des tempes sous l'effort violent du cœur. Une bouilloire, placée sur le poêle allumé, contenait du café.

Peu à peu, le pouls avait diminué. Le cœur rallentissait ses mouvements. Le café noir, conseillé par le pharmacien, ne suffisait pas à lui rendre son énergie. Bientôt le café manqua. Il fallut en aller chercher d'autre, et le faire. Les boutiques fermées avaient hésité à s'ouvrir. Cela avait fait perdre du temps. La maladie marchait.

Philippe gardait toute sa raison. De temps en temps, par intervalles, il regardait Madeleine, maintenant effrayée de ce qu'elle avait fait, et Valentine et Georges et tous

ceux qui se pressaient autour de lui. Par
intervalles aussi, il se tâtait le pouls, calculant combien d'heures il lui restait à
vivre.

Un combat se livrait en lui. Lequel ?
Philippe pesait en lui-même l'avenir de
tous les siens et l'utilité d'un châtiment.
Madeleine le voyait et attendait. Elle était
prête à ce qu'il ordonnerait. Il parut se décider tout à coup et appela :

— Madeleine !

La parole affaiblie était libre. Dans ces
morts lugubres, la parole et la pensée ne
cèdent que devant l'agonie. Le malade fit
signe qu'on le soulevât. Madeleine s'était
levée d'un coup, comme un ressort qui se
détend.

Philippe dit :

— Je veux dicter mon testament.

Ce ne fut plus de la frayeur qu'eut Madeleine, ce fut une horrible épouvante. Elle
apercevait, dans une hallucination d'un
instant, la dénonciation de Pihilppe, la
cour d'assises et ses jurés, le président
prononçant la peine capitale, la guillotine

rouge et son panier de zinc, dans lequel rebondissait sa tête.

— Voulez-vous l'écrire ? disait Philippe.

Et comme Madeleine pétrifiée, sans voix, ne bougeait pas, il ajouta :

— Je vous en prie.

Claire avait mis le papier, l'encre et les plumes, sur la table blanche, en face du crucifix. Madeleine écrivait. Comment pouvait-elle le faire? elle ne savait : machinalement, bêtement, sans comprendre, avec la pensée absente. Philippe, par phrases que coupaient ses suffocations, dictait :

« Au nom du Père, du Fils, et du Saint-Esprit : ceci est mon testament.

« Je, soussigné, Philippe-Emile Erveu, jouissant de mon bon sens et de l'appréciation saine des choses, déclare mourir dans la religion catholique, apostolique et romaine, dans laquelle je suis né.

« Je confirme, par le présent acte, mon testament antérieur, par lequel...

Il s'arrêta un moment. Madeleine, la plume haute, attendait. Il reprit:

« Par lequel, dans le cas de la naissance d'un enfant, je lègue...

Madeleine s'était levée à moitié, et d'une voix étranglée :

— Je vous en supplie ! dit-elle.

Philippe la regardait. Elle se tut. Il continua :

— « Je lègue la jouissance de ma fortune toute entière à — il appuyait sur les mots, — ma chère et bien-aimée femme, Madeleine Chevrier, à la condition ; primo.

Une suffocation le prenait : Madeleine, à son chevet, et à voix basse :

— Oh ! pas cela ! pas cela ! si vous saviez tout ce que vous me faites souffrir.

Philippe lui fit signe de reprendre.

— « A la condition, primo : de doter comme elle le jugera convenable ; — un silence. Il refléchissait. Il continua : « Notre enfant à sa majorité ; Secondo, de venir en aide à son frère et à sa sœur, dans les conditions fixées par le susdit acte.

« Je désire, en outre, que le mariage de M. Georges Hériart, ingénieur, et de Valentine Chevrier, ma belle-sœur, s'accom-

plisse dans le second mois qui suivra mon
décès, et que le premier enfant issu de leur
mariage et dont j'aurais voulu être le par-
rain, porte mon nom. »

— Voulez-vous, Valentine? dit Georges
en lui tendant la main.

Valentine tenait celle de Philippe et la
lui baisait.

— Vous êtes bon, dit-elle, et je vous
aime.

— Philippe murmurait, avec un doux
sourire : Trouvez-vous, vraiment, Valentine, que je sois bon ?

Il reprit à dicter :

— « Enfin, et ici, sa voix s'affermissant
devint grave et solennelle, — je demande
pardon à tous ceux qui m'entourent de ma
mort involontaire...

Madeleine s'arrêta. Elle étouffait et aurait voulu fuir. Que n'était-elle morte à la
place de son mari ? Paul pouvait bien arriver maintenant.

Philippe continuait :

— « Et je déclare, devant Dieu et sur

mon salut éternel, que moi seul dois en
être accusé.

Il lui répugnait de se charger du fardeau
d'un suicide, il reprit ayant trouvé un
biais.

— « Me l'étant donnée par une négli-
gence impardonnable.

Madeleine restait immobile. Qu'est-ceque
cela prouve, disait-elle, il y a les lettres. Elle
se sentait d'ailleurs comme abêtie, dans un
état de prostration complète, presque,
d'hébêtement, indifférente et impassible
dans l'engourdissement momentané de ses
nerfs.

Philippe l'appela de nouveau. Elle se réveilla :

— Je désire, disait-il, et comme Madeleine
s'apprêtait à écrire, il ajouta : — n'écrivez-
pas ; — je désire que vous brûliez vous-
même, et devant moi, des papiers contenus
dans le tiroir de ma table, dont voici la
clef.

Madeleine leva les yeux. Elle ne comprenait pas encore. Elle s'était figurée que
ce testament n'était qu'un prétexte, une

frime. Un autre mot ne lui venait pas;
que Philippe savait bien qu'on mettrait
les scellés, qu'on ferait un inventaire,
que Paul y serait présent, qu'on trouverait
les lettres et que sa déclaration testamen-
taire l'enlevait, c'est vrai, aux rigueurs de
la justice, mais ne l'arrachait pas à celle de
son frère. D'ailleurs, c'était une ironie cruelle
de s'accuser de sa propre mort, quand il
savait bien le contraire. Ne pouvait-il confier
les clefs à quelque personne sûre? Et voilà
maintenant que c'était à elle qu'il les donnait, en lui disant de brûler les papiers
maudits! Mais c'était donc pour de bon, ce
testament! Une joie commençait à naître,
joie folle, joie de désespéré qui se rattache
à la vie; puis ayant peur que cela ne se vit
dans ses yeux, ce commencement d'espérance, elle les baissa.

Jappeloup, derrière elle, lui disait :

— Voyons, madame, un peu de courage! N'hésitez pas. Je comprends votre
douleur. Faites ce que Philippe vous demande.

Elle avait donc hésité? Tant mieux! Il

ne fallait pas montrer trop de hâte. Claire
lui tendait cette clef fatale. Leurs regards
se croisèrent. Ceux de Claire, très-doux,
pleins de cette immense pitié qu'on éprouve,
malgré soi, pour les grands coupables
malheureux, tombèrent sur les ongles
roses de Madeleine, sous lesquels paraissait encore la trace sanglante des efforts
de la veille, et elle soupira! « Pauvre
femme. »

— Ah oui, certes! répéta Madeleine,
vous avez raison de me dire: Pauvre
femme!

Claire lui ouvrit les bras et l'embrassa;
son âme, profondément chrétienne, et il y
en a qui sont capables de le faire comme
elle, oubliait, effaçait le passé.

Le malade se disait à lui-même.

— Tu vois, Philippe! Voilà le modèle!
Voilà l'exemple! Il n'y a pas que toi? et il
murmurait: Pardonnez-nous nos péchés
comme nous pardonnons à ceux qui nous
ont offensé.

A genoux devant le poêle, Madeleine regardait les papiers qui brûlaient. Par la

porte ouverte, la flamme lui jetait sur la figure, sur ses cheveux blonds, un peu défaits, son rougeoiement mobile, qui les faisait paraître d'or pâle. Avec la tige de fer, elle ramenait les fragments épars, hâtant leur combustion, recherchant ceux qui s'envolaient, attirés par le courant d'air du tuyau. Pourtant, elle n'osait trop y toucher, de peur d'y paraître mettre un empressement suspect; mais elle sentait ses poumons se dilater et l'air bon à respirer.

Elle referma la portière du poêle. Philippe l'appelait. Il voulait dater et signer. Son pouls diminuait d'intensité. Ses pulsations se ralentissaient. C'était le prélude des faiblesses.

Puis, quand il eut daté et signé, attirant Madeleine sur sa poitrine.

— Ma chère enfant, lui dit-il, avec ses lèvres sur les siennes, je t'aime encore, je t'aime toujours, je te pardonne et je te bénis.

Madeleine, la tête dans ses mains, pleurait, pendant que Philippe pensait.

— Je sais bien que ça ne vaut que comme déclaration et que l'autre testament est là. Mais comme cela, l'honneur de la famille est sauf et j'ai fait mon devoir. — Et il ajoutait : Ce sera son seul châtiment. Dieu veuille qu'il n'y en ait pas d'autre !

———

XLI

La porte s'ouvrit. Une bouffée d'air frais, une lueur matinale, toute rosée par le soleil levant, qui déchiquetait, en lambeaux difformes, autour des grands arbres, la brume de la nuit, envahit la chambre. C'était l'aurore. Le prêtre entrait avec elle. Il apportait les saintes huiles.

Tout le monde sortit. Philippe pria Madeleine de rester. La confession commença.

Du fond de la chambre, agenouillée et priant, Madeleine n'entendit d'abord que le murmure indistinct des paroles dites à voix basse, ce chuchottement particulier, qui est comme le baiser que les lèvres donnent à la pensée secrète, qui fuit. Le prêtre, toujours le même, celui du confessionnal, celui du sermon de jadis, se tenait assis dans son surplis blanc, près du lit de fer, interrogeant et écoutant.

Le chuchottement devenait plus distinct. La voix du prêtre s'élevait au-dessus du diapason normal. Elle n'avait plus cette douceur insinuante, caressante et douce de la voix qui console. Des mots lui arrivaient. On parlait de justice divine, de châtiment mérité.

Madeleine ne voulait pas écouter. Un oiseau chantait au dehors, c'était une proie à son attention. Mais l'oreille percevait toujours la parole du prêtre. Il parlait encore plus haut, maintenant! Evidemment, on oubliait qu'elle était là.

Elle entendait des morceaux de phrases: — De quel droit se faisait-il juge?... La justice humaine est d'institution divine... L'homme ne doit ni s'y soustraire ni y soustraire ses semblables... Il ne pouvait lui donner l'absolution dernière tant que ce testament subsisterait... C'était un mensonge permanent, raisonné, sachant que

c'était un mensonge... Dieu ne ratifierait
pas... Il fallait anéantir cet acte.

Madeleine pensait : Bon ! voilà une autre
affaire, à présent ! le prêtre parlait toujours.
Philippe se taisait ou murmurait : non ! Elle
était haletante. S'il allait se laisser con-
vaincre ! et si sa tête, à elle, allait éclater !
Elle n'osait parler. Des flammes lui couraient dans le cerveau. Cet acte était sa
sauvegarde, en somme. Tout le monde
savait pourtant bien qu'il le lui avait dicté !
et comment ! sans en être prié. Tout à coup
elle n'entendit plus rien.

Elle leva les yeux. Le prêtre se trouvait
debout, et Philippe, la tête renversée sur
l'oreiller, était pris du premier hoquet. L'a-
gonie commençait. Madeleine courut à lui,
le prit dans ses bras, l'embrassa, le soulevant pour qu'il put respirer, l'implorant,
demandant un mot, sans se soucier si ce
mot serait la réponse au prêtre, sa con-
damnation à elle, appelant tout le monde,
criant au secours, maudissant ce médecin, qui n'était pas venu et qui l'aurait
sauvé ! puis, l'air furieux, se tournant

vers l'homme de Dieu et lui disant dans la figure :

— Ah ça ! vous ! Est-ce que vous n'allez pas lui donner l'absolution maintenant ?

Le prêtre dit :

— Nul ne connaît les desseins impénétrables de Dieu, et, levant la main, il prononça, sur le mourant, la formule sacrée qui efface les péchés des hommes.

———

XLII

Comprenez-vous cela ? Voilà qu'elle l'aimait !

Sous les draps ramenés, son corps traçait des angles brusques, durement accusés par la lumière jaunâtre des six cierges, placés trois par trois et à moitié brûlés, qui mettaient des clartés funèbres aux saillies du cadavre. Le buis reposait dans un verre d'eau bénite, sur une chaise, au chevet du lit. Madeleine, seule, dans l'ombre de la nuit nouvelle, — avec les deux religieuses, immobiles dans leur pâleur marmoréenne, faisait la veillée du mort.

Elle n'avait rien pris, ou à peu près, depuis trente-six heures. Il avait fallu la

contraindre. Blanchemain et l'autre médecin étaient arrivés trop tard.

Comprenez-vous cela. C'est elle qui l'avait
tué, et elle l'aimait ! Elle l'aimait d'un
amour fol, ardent, désespéré. S'il est vrai
que Dieu punisse en ce monde les crimes
commis, certes, elle était bien punie et d'un
effroyable supplice.

Dans l'ensommeillement des êtres, dans
le silence des choses, sous la lueur blafarde des lumières de cire sur leurs lam-
padaires d'argent, elle y pensait.

De temps en temps, elle se levait, allait
près du lit, soulevait le drap, se penchait
sur les lèvres violacées de Philippe, y déposait un baiser et l'appelait, tout bas, avec
des noms doux, des formes tendres, lui
imprimant, comme dans un berceau, un
petit mouvement lent, écoutant si, par hasard, il ne répondrait pas, si on ne s'était
pas trompé, si, en réalité, il n'était pas
mort.

.Elle n'avait pas dormi. Des engourdis-
sements la prenaient, des mollesses de
tout le corps, lui cassant les jambes, les

reins, avec des douleurs dans le cou, derrière. Elle était, comme on dit dans le
pays, ébrâtée, c'est-à-dire, sans bras. Pour
se tenir éveillée, elle regardait couler lentement, lentement, la cire jaune des cierges.
Ses paupières lourdes se fermaient. Le
marmottement monotone des religieuses qui
priaient, se relayant à tour de rôle, l'en-
dormait davantage. Sa tête tombait sur sa
poitrine, stupidement, comme si rien ne
la retenait plus.

Un sursaut la réveillait. La réalité du
passé se transformait en rêve. Elle voyait
le mort se lever, et danser en rond, enve-
loppé de son suaire, avec Lambezat et
Puygirard, et elle entre eux tous. Elle se
secouait et essayait de prier et de penser.
La pensée était plus cruelle que le rêve lui
même.

La cheminée, surtout, attirait son attention. Elle la fixait. Quelque chose y manquait. Mais quoi ? Le souvenir faisait
défaut. Sa mémoire travaillait, se tourmentait, énumérant, avec des efforts, les objets
qui la garnissaient d'habitude, se les nom-

mant dans un certain ordre, puis, inter-
versant cet ordre, sans pouvoir se rappeler
la chose qui n'y était plus.

Tout à coup, elle dit : « Le verre ! » Où
l'avait-on mis ? Qu'en avait-on fait ? Elle eut
envie d'appeler la vieille Nanon, de s'inquiéter, voulant se rendre compte. Ses regards cherchaient, fouillant la chambre :
tout était bouleversé; quand, subitement, la
mémoire revint. « Le verre ! » — il était là,
sur la chaise, c'était lui qui contenait l'eau
bénite et le petit brin de buis vert, rapporté
de l'église, lors des Rameaux. Une sorte
d'épouvantement lui serra la gorge. C'était
« le verre du poison ». — Elle se leva, le
prit, et jeta le tout dans la cheminée, au
grand scandale de la religieuse qui veillait.

Madeleine surprit son regard et dit :
« Ah, si vous saviez ! » puis s'arrêta. Est-ce
que son secret allait lui échapper ?

Et, dans l'aurore nouvelle qui se levait,
toute enjoyeusée par le cri-cri des moineaux et les notes jetées de l'hirondelle
des murailles, tandis que le chien de Philippe hurlait à la mort, dans la fraîcheur

matinale et parfumée de cette journée d'été,
Madeleine, assise sur sa chaise basse, les
bras pendants, balancée en cadence par
l'immense fatigue qui l'envahissait, pros-
trée, épuisée, se repétait à elle-même, avec
l'intonation des désespoirs enfantins : « Comprenez-vous cela ? Voilà que je l'aime, à
présent, moi qui l'ai tué !

Les voyageurs qui passent par le pont de N.. voient, près de la route, une construction inachevée, moitié pierre et moitié fonte; c'est l'usine. Philippe mort, tout croula, tout s'évanouit et ce qui devait être la fortune du pays en devint la ruine. Les actions tombèrent à rien, les bois accumulés, les fontes de l'usine future disparurent peu à peu, emportés par les maraudeurs.

Paul, arrivé le jour de l'enterrement, n'avait rien su, sinon que la fortune de Philippe, dans la liquidation sociale, était réduite à une trentaine de mille francs. Lui et Valentine, renoncèrent à la rente qui leur était faite, et Madeleine profita du tout. Paul était brigadier et espérait être davantage. Après son mariage avec Valentine, Georges Hériart avait été nommé, non sans peine, ingénieur d'une compagnie de l'Est. On avait fait rejaillir sur lui, l'insuccès de la spéculation entreprise. Madeleine, retireé près d'eux, était devenue dévote et avait un fils, qui portait le nom d'Erveu. Ses cheveux blonds grisonnaient déjà. Claire la plaignait et lui écrivait.

Ses fautes étaient retombées sur les innocents seuls. Lambezat, grâce à ses ventes d'engrais, était celui qui avait le moins perdu. Puygirard ne s'était jamais engagé. N'ayant plus Madeleine, il s'acoquina avec madame Jappeloup. Le pharmacien faisait toujours des affaires, grâce à sa femme.

L'histoire de la lettre anonyme avait percé. On attribuait toujours la mort de Philippe à une imprudence de sa part. Mais la position était intenable pour les demoiselles Courtenbois. Le mépris public était contre elles. Elle partirent, et s'engagèrent dans un établissement de jeunes demoiselles, près Londres, comme professeurs d'équitation théorique et comparée.

FIN.

www.ingramcontent.com/pod-product-compliance
Lightning Source LLC
Chambersburg PA
CBHW050314030726
47505CB00003B/707